徳間文庫

アカネヒメ物語

村山早紀

徳間書店

目次

オルゴールの秘密

わたしの名前は、はるひ。名前のせいかな、春が好き。

風はまだ冷たくても、光がきらきらしてくる、あの感じが好き。

だから、ほんとなら、悲しいはずの春休みのお引っ越しも、少しは楽だった。

二〇〇一年、三月。

ひとり暮らしのおばあちゃんが心配だからって、パパとママと弟と、この街に引っ越してきたの。弟のヒロは、幼稚園を替わるのが嫌だって、泣いてたけどね。

でも、さすがに幼稚園児。おばあちゃんに古いおもちゃを出してもらったら、泣きやんでた。ママが小さい頃かわいがってた、かわいいくまちゃんのぬいぐるみ。

わたし？　わたしは、トラックの荷台から自転車を降ろしてもらえれば、それでオッケー。もうすぐ小学四年生だもん。泣いたりはしない。この街を好きになるの。友だちを作るの。さみしいのは嫌だから。

大丈夫、今は春。きっといいことがあるよ。

明るい空から、光がきらきら。自転車で走りだしたら、どこからか鈴の音がした。

おばあちゃん家《ち》は、街の真ん中の、大きなビルの間に建っている。遠くから見ると、ビルの山の中に埋《うず》もれて見える感じ。

広いアスファルトの道と、見あげるほど高いビルの窓ガラスが、おひさまを反射してるところはかっこいいけど、目に痛い。でも、自転車で走ってると、おばあちゃん家みたいな、古い家や、小さな路地もあちこちに発見できた。と……。

わたしは子猫を自転車でひきそうになって、危《あや》うく地面に片方の足をついた。灰色のがりがりの子猫は、右目にけがをしているみたい。左目だけで、わたしを見あげた。わたしはポケットに手を入れた。ビスケットが入ってる。おいで、って呼んでみた。

でも子猫は、あとずさりした。そして、ひゅんと小さな道に駆け込んでいった。

「ねえ、ちょっと、なにもしないってば！」

わたしは、自転車で追いかけた。

路地の左右の家の庭から、なにかの木や花の枝がふりかかる。ほんとにみんな、おばあちゃんの家《うち》みたいだ。このあたりはとくに、古い家が多いみたい。

やっとの思いで、路地をぬけると、そこに、小さな公園があった。

ブランコの鎖《くさり》が錆《さ》びていて、ジャングルジムやベンチのペンキがはげているような、古い公園。でも、なんだか、そこに一歩足を踏み入れた途端、ほっとするような感じがした。

おひさまの光が集まってて、あったかくて。まるで……むかし、ずうっと小さい頃に、ママにだっこされてたときみたいな、懐かしい感じがする。

子猫も背中を伸ばして、のびをした。

そのとき、向こうに見える道路からずんずん歩いてきた、スーパーのビニール袋を提《さ》げたおばさんが、子猫に気づいて、嫌そうな顔をして、

「しっ！」

と追い払った。

子猫は、よろけながら、必死に逃げていった。わたしは信じられない思いがして、それから、おばさんを睨《にら》みつけてやった。猫好きのうちのママなら、文句をいってるとこだ。

おばさんはわたしに気づかないで、こっちに歩いてきた。すれちがおうとしたときに……わたしは、また、鈴の音をきいた。

空で、鈴の音がする。

見あげると、赤い花が咲いていた。赤い桜の木があったんだ。

その枝に、赤い着物を着て、金の冠《かんむり》をかぶった小さな女の子が、こしかけて、こちらを見おろしていた。その子は手に、鈴がついた金色の杖をもっていた。

鈴はその杖の音だったんだ。

女の子は、枝に足だけ引っかけて、オランウータンみたいに、ぶらんとぶらさがって、おばさんに向かって、あかんべをした。

わたしは、最初びっくりして、それから笑っちゃったんだけど、おばさんは、なぜだか女の子じゃなく、わたしのほうを振り返り、へんな子ね、みたいな顔をして、通りすぎていった。女の子のおかっぱの髪が、自分の頭のすぐそばをかすめてるのに、まるで気がつかないみたいな様子で。

わたしは女の子を見あげた。女の子は逆さまに、わたしを見おろした。黒い目でじっとわたしを見て、不思議そうに首をかしげた。黒い髪がさらりとゆれた。

風が吹いた。ざわざわと桜の花びらが音をたてて、あまい匂いがした。赤い花びらが散って、わたしが一瞬それに見とれている間に、女の子の姿は、枝から消えていた。

探しても、いない。小さな公園のどこにも、あの女の子の姿はなかった。消しゴムで消されたみたいに。

わたしは振り返りながら、公園を出た。

自転車をこぎながら、考えた。なんだったんだろう？　あの子。なんだって、冠かぶって、着物を着て、桜の枝に座ってたんだろう？

お昼ごはんは、パパがとくいのばくだんおにぎりを作ってくれた。黒いのりで巻いた、巨大なおにぎりだ。色とりどりの具がいっぱい入ってるんだ。

わたしが着物の女の子を見たって話をしたら、おばあちゃんが、

「そういう小さな女の子が、近所にいたかしら？」

と、のんびりといって、お茶をすすって、

「ああ、あれよ、はるひちゃんは、〝公園のアカネちゃん〟を見たのかもしれないわね」

楽しそうに、ほほほ、と笑った。

「〝公園のアカネちゃん〟、ってなに？」

わたしがきくと、ママがおにぎりをほおばったまま、身をのりだしていった。

「きいたことあるわ！　東風早町《ひがしかざはや》西公園の桜の木には、冠かぶった、赤い着物の女の子が座ってるのよね。そういういい伝えがあるの」

「……いい伝え？」

「むかしっから、いろんな人が、あそこで、その謎の女の子を見てるのよ。残念ながら、ママは見たことがないけどね。だって見える人はあんまりいないんだって話なのよ。ママが思うに、たぶん、その子の正体は」

ママは、手をだらんとさげてみせた。

「……ずばり、幽霊《ゆうれい》よ」

怖がりのヒロが、おにぎりを落とした。

パソコンに向かっていたパパが、それを拾ってやりながら、

「またママはそういうことをいうんだから。ヒロ、はるひ、安心していいよ。きっと近所の子だよ。木登りが好きな、元気な女の子が近所にいるんだろ。友だちになれたらいいね」

「幽霊のほうが、おもしろいのに」

ママが、口を尖《と》がらせていった。

わたしも同感だったけど、なんていうのかな、あの子は幽霊とか、そういう「うらめしい」雰囲気とは違うとも思ってた。

前からわたしは割りと、そういうのを見ちゃうほうだったから、余計に、お化けと

の違いがわかるような気がしたんだ。

で、お昼がすんだあと、あの公園にまたいこうとしたら、くまちゃんを抱いたヒロが、自転車のあとを追いかけてきた。

「どこいくの？　ぼくもいく！」

「くるの？　お姉ちゃんは、幽霊かもしれない女の子のいる公園にいくんだよ？」

「ぼくもいく！　幽霊に会う！」

ヒロは妙にはりきっていた。しょうがないから、わたしは自転車をおりて、おしながら、ヒロと公園にいくことにした。

昼さがりの道はぽかぽかとあたたかく、ヒロは、歌なんか歌いはじめた。

ビジネスマンやＯＬさんが急ぎ足でいきかう道に、その歌はちょっと合わなかった。

いくらか歩くうちに、あの路地や古い家があるあたりにたどりついた。

そして……西公園。赤い桜の公園。

いた。わたしの胸はどきんとした。金の冠に赤い着物の女の子が、桜の枝に座ってる。

ちょうど枝の下のあたりに、わたしと同級生くらいの男の子たちがいて、携帯ゲーム機で遊んでるんだけど、不思議な女の子は、それを見ていた。桜の枝から落ちそうになりながら、口をぽかんとあけて、ゲームに見とれてる。

「見せて！　見せて！」

ヒロが高い声をあげながら、男の子たちのほうに走っていった。

男の子たちは、最初驚いてたみたいだった。でも、自分たちの華麗なテクニックに感動するヒロがうれしかったのか、身をかがめて、ゲーム機をヒロに見やすいようにしてくれた。

わたしとその子たちは、緊張して、目で挨拶《あいさつ》をしたんだけど、なんだか友だちになれそう、とか思ったんだけど、今の問題は〝アカネちゃん〟――あの女の子だ。

「……あの、そこの女の子のことだけど」

わたしが話しかけると、男の子たちは、あたりを見まわした。

「女の子って、だれ？」

見えてない。だれにも見えてないのだった。

ひとりの男の子が、瞬《まばた》きしていった。

「ひょっとして……〝アカネちゃん〟が、いま、ここにいるの？　赤い桜の木の上に。でもって、見えるの？」

わたしが頷《うなず》くと、「うそ」「ほんとうに」と、男の子たちは、笑ったり、叫んだりした。――どうも誰にも見えていないらしい。

なかのひとりが、ふと声をひそめ、

「〝アカネちゃん〟じゃなく、〝夜走る女の子〟かもしれないよ」

「なに、それ？」

と、わたしはきいた。

「このへんの道をさ、夜走る幽霊の女の子がいるんだよ。そういう話があるの。三年生くらいの、長い髪の女の子でさ……」

〝アカネちゃん〟は、なんだか不機嫌《ふきげん》そうな顔をして、男の子たちを見おろしていた。

幽霊の話をした子の腕をたたいて、ほかの子がいう。

「あれは夜にでる幽霊なんだから、真っ昼間の今見えるっていうんなら、違うだろ」

そのとき、ヒロがわたしの手を引っぱって、

「お姉ちゃん、はやくうちに帰ろう！」

といった。もう走りだしていた。

「パパに、ゲーム機買ってもらうんだ！　お引っ越しがすんだら買ってくれるって、パパ、いってたもん！　約束したもん！」

わたしは、男の子たちともう少し話したかったけど、まさか、引っ越してきたばか

りの街で、幼稚園児をひとりで家に帰すわけにもいかない。手を振って別れた。

途中で振り返ると、〝アカネちゃん〟は、男の子たちといっしょに、わたしを見ていた。じっと見てた。さみしそうな、なにかいいたそうな、そんな顔だな、と思った。


うちに帰ってきたら、パパはいなかった。今日まで休みを取っていたはずなのに。ママにきいたら、どうしてもパパじゃないとできない仕事が、会社で待ってるってことになったんだって。

ヒロはむくれて、おやつも食べないで、二段ベッドの上の段にあがって寝てしまった。なんか変だと思って、おでこをさわったら熱があった。引っ越しの疲れかしらねって、心配そうにママがいった。

「困ったな。今日は、おばあちゃんを病院に連れていく日なのに」

おばあちゃんは、遠くの町のお医者さんに通って、持病の腰痛の治療を受けている。ママは今日、自動車でおばあちゃんを連れていく予定だったのだ。方向おんちのママは、何日もまえから、地図を見て、病院の場所を覚えようとしていた。

おばあちゃんは、のんびりとお茶をする。

「いつも通り、電車を乗り継ぎしていくからいいわよ。あんたは、ヒロのそばにいてやりなさい」

「いやよ。それじゃ、なんのために、母さんと同居したかわからないじゃない？」

わたしは、ママを見あげていった。

「ヒロのそばには、わたしがついてるから、いってきたら？」

ママは、わたしの手をとった。

「お願いね。早く帰るようにするから！」

……うん。ママは早く帰りたかったんだと思う。でも、夜の六時を過ぎ、七時を過ぎても、ママの車は帰ってこなかった。

そのうち、疲れはてた声で電話がかかった。ママのケータイからだ。

『はるひ、ごめん。ママ、道に迷った……』

「ママ、今、どこにいるの？」

『わかんない。どこか山のなか。病院へはいけたんだけど、帰りに迷った。なるべく早く帰るように努力するけど……』

「わかった。がんばってね」

わたしはため息をついて、電話をきった。

古い家にいると、柱時計の音が耳についた。風がたまに、雨戸を揺らす。ママはいつまでも帰ってこない。パパもまだ帰らない。なんだか、背中が冷えていくような気がした。

こたつで本を読んでいたら、畳《たたみ》を踏む音をさせて、寝ぼけ顔のヒロがやってきた。心細そうな声で、「ママは？」ときいた。

「そろそろ帰ってくると思う。熱はどう？」

ヒロのおでこは、もっと熱くなっていた。

ふいに、ヒロは叫んで、泣きだした。

「くまちゃんがいない！　ぼく、幽霊の公園に、くまちゃんを忘れてきちゃった！」

「え、あの、くまのぬいぐるみさんを？」

「ゲーム機、お兄ちゃんたちが貸してくれたとき、ぼく、くまちゃんを、ベンチに、置いたの。そのまんま、置いてきちゃった。ぼく、くまちゃんを、お迎えにいく！」

ヒロは玄関に走っていこうとして、

「そとが暗い！　怖いよう！」

と、甲高い声で泣きわめいた。

やばい。わたしは熱くなったヒロの背中を抱きしめた。この子は、あんまり泣きすぎると、引きつけとか起こしちゃうんだよ。

わたしは柱時計を見た。十二時少し前。

あの公園までは、自転車でいそげば、五、六分でいけるんじゃないかなあ？

わたしは、ヒロの顔を覗《のぞ》き込んでいった。

「お姉ちゃんが探しにいってあげる」

「ほんと？　ほんとに？」

「うん」

「でも、そとは暗いよ？」

「お姉ちゃんは大きいから、大丈夫」

ヒロは「ありがとう」というと、深くため息をついて、ちょっとだけ笑った。

レンジでチンした甘いミルクを飲ませて、ベッドに寝かせると、すぐに、ことんと眠った。


空には、まるくなりかけた月が光っていた。自転車の車輪がアスファルトで音をたてる。ライトで照《てら》しだされた道には、人気《ひとけ》がない。大きなビルの窓は、ほとんど真っ暗になっていて、街はホラー映画にでてくる、ゴーストタウンみたいだった。

三月の夜は寒い風がふく。こんなときに限って、怪談を思いだしちゃったりして、背中がぞわっとする。

そういえば〝夜走る女の子〟ってのは、どんな幽霊なんだろう？　さっき、うちできいたら、ママもおばあちゃんも、そんな話は知らないっていったけど……。

ああ、なんて夜なんだろう。くまちゃん、無事にベンチにいてほしいなあ。もしかして、ベンチにいなかったら、どうしよう？

西公園についた。

と、あの赤い桜のところに、ぼんやりと明かりが見えた。公園に灯《とも》る街灯の白い明かりとは違う、薄桃色の明かり。

わたしは自転車をおりて、明かりのほうにいった。光っていたのは、あの女の子だった。赤い桜の下のベンチに、くまちゃんがお座りしている。そのくまちゃんに寄り添うようにして、けがをした子猫がまるくなって眠っていた。

〝アカネちゃん〟は、その子猫のそばに寄り添ってたって、白い手で、顔をなでてあげていた。

不思議なことに、なでるたびに、金色の光のつぶが散った。

〝アカネちゃん〟の足は、地面にふれていなかった。浮いていたんだ。

子猫はやがて、顔をあげた。けがしていた片方の目は、ぱっちりとひらいていた。

のらの子猫は、〝アカネちゃん〟の手に、お礼でもいうように、おでこをこすりつけた。

ふと、子猫と〝アカネちゃん〟が、こっちを振り返った。

わたしは口ごもり、

「あの、こ、こんばんは」といった。

〝アカネちゃん〟は、こっくり頷いて、

『こんばんは』

と、かわいい声でこたえた。

『ところで、ひょっとしなくても、そなたって、どうやら、あたくしのことが見えちゃってらっしゃるみたいね？』

「見えて……るけど？」

この子って、なんだか、話しかたがへんてこだ。

『めっずらしい。ふつう犬猫でもなきゃ、あたくしの姿は見えないっていうのに。これはどうやら、そなたって、犬猫の仲間だってことなのかしら？』

「……」

『えっとまって。そういえば、むかしに、人の子で、やはりあたくしのことが見えるのとあったことがありました。そうそう〝仙人眼〟っていって、人の目には見えないものが見える瞳《ひとみ》をもって生まれてくる人間がいるんだとか、そのときに、きいたのよ。ややあね、あんまり長く生きてると、どうも、記憶があやふやになって』

「あのう、あのう……それであなたが、噂《うわさ》の、公園の幽霊の〝アカネちゃん〟なの？」

わたしは、恐る恐る、訊ねてみた。

〝アカネちゃん〟は、くちびるを尖がらせた。

『あたくしの名は、〝アカネヒメ〟。それから、あたくしは、幽霊じゃありませんの』

「じゃ、まさか、その……近所の子？」

『だんじて、違います』と、その子は、鈴の杖をふった。

『あたくしは神。この桜の木をよりしろとする神。この地を五百年守護している、神さまなのです』

赤い桜が、月に照され、夜風に吹かれて、ざわざわと音をたてた。

〝アカネちゃん〟、じゃない、アカネヒメは、わたしをじっと見た。黒い瞳は透き通るようで、なんだか恐しかった。

「か……神さま、ですか？」

わたしがあとずさりすると、アカネヒメは、少しだけほほを染《そ》めていった。

『まあ五百歳だもの、まだまだ見習いみたいなものですが。でも、あたくしは、このあたりのことなら、なんでも知ってるんですからね』

アカネヒメは、胸をはった。

『今この公園って寂《さび》れてるでしょ？　でもほんの数十年前までは、このあたりには、たくさんの家とかアパートがあって、市場も商店街もありました。そのころは、この公園にも、いまの百倍ほどもたくさんの子どもたちがきて、いっぱい遊んでたの。そなた、そんなの知らないでしょ？　そなたみたいな小っちゃい子どもが生まれる前の話ですもんね。なんかね、いつのころからかね、役所だの大きな会社だのの建物がたって、街の様子が変わっちゃったんですけど』

「へえ……そうなんですか」

わたしは、むかしの街を想像してみた。

アカネヒメは、いよいよ胸をはりながら、言葉を続ける。

『えっとえっと、ほかには、むかし、でんしんばしらが木でできてたってことも知ってるし』

「うんうん」

『そこの線路を、しゅっしゅって、汽車が走ってたのも知ってます』

それからそれから、と、アカネヒメは息をきらしながら話し続け、やがていったの。

『もっと前、この国が大きな戦争をしていたときも、あたくしはここにいて、街を見てましたわ。人の子の命は短いのに、それはこの国の民も、ほかの国の民もかわらないだろうに、なんだって争うのかしらと思ってた。あたくしは……この街が焼けるのを見ました。あたくしの街の、人の子が死ぬのをいっぱい見た』

アカネヒメの表情は、くもった。くちびるのはしがさがった。

『もっともっとむかしっていうか、あたくしにとっては、ほんのわずかなむかしのことみたいだけど、この国の民が、同じ顔と同じ髪の色なのに、たたかうのも見ましたわ。あたくしは……この地のものがきずつき、死ぬたびに、泣いたのでした……』

ほう、と、アカネヒメはためいきをついた。

なんだか急につかれたみたいだった。目がうるんでいた。

『あたくしはね、ほんとにね、まだ若いのです。この子猫のけがを治してやるくらいのことしかできないの。そうしてあたくしは、まだ、このよりしろの桜の木のそばを、離れることができませんの。若くて、体の形がかたまっていないから、この木のそばを離れると、空気にとけちゃうんですもの。だから、神とはいえ、あたくしにできることは、そんなにいっぱいはね、ないのです』」

アカネヒメの手が、子猫の背中をなでた。

わたしは、この神さまは、この公園で、ずっとこの街のことを見ていたのかな、と思った。もしかしたら、この街で育ったママやおばあちゃんのことも、ふたりが子どものころから見守ってくれてたのかな、って。

ひとりきりで。だれにも気づいてもらえないままで、見守ってくれてたのかな、って。ずっとずっと、子どもの姿で。

神さまは、きらきら光って神々しいんだけど、偉そうなんだけど、でも小さな女の子で、さみしそうに背中をまるめているのだった。

わたしは、そっといった。

「けがを治せるって、すてきなことだと思う……思います」

わたしは子猫をなでた。そーっとなでた。子猫は、もう嫌がって逃げたりしなかった。

アカネヒメは、呟《つぶや》くようにいった。

『……人の子とお話するのって、ほんとうに、ほんとうに、久しぶりのことみたい。わるい感じはしないものですわね』

そのときだった。

公園の向こうに見える道路を、ふっと白い人影がよぎったのは。

小学校三年生くらいだろうか？　長い髪の女の子が、どこかに向かって、道路を走っている。寒い夜なのに、ノースリーブの服で。

走ってるのに、足音がしない。

「あれが〝夜走る女の子〟？」

わたしは、ぞっとした。

幽霊だ。間違いなくあれは、幽霊だと思った。

人気《ひとけ》のない街を、一心に前を見て、手をきゅっと握《にぎ》りしめて、走っている。

アカネヒメが、眉毛を寄せて、いった。

『幽霊っていったら、あの子なの。いつから走ってるのかな？　どこへ走っていくのでしょう？　ずっと気になってるんだけど、あたくしは、ここを離れられないから、つきとめることができません。あの子の魂《たましい》が迷う理由によっては、成仏させてやることもできるだろうと思うんですけど……』

ふいに鈴の杖で、わたしの肩をたたいた。

『そうだ、そなた……仙人眼の子ども』

「はるひですけど？」

『はるひ。あたくしの臨時よりしろになってくださる？　簡単なことよ、ちょこっと、とりつかせてくれればいいだけなの』

「と……とりつくって？」

ふわりと、あたたかい風が吹きよせたような感じがして、気がつくと、アカネヒメが、肩の上に乗っかっていた。まるでおっきな手のりインコだ。鳥みたいに、重さはまるで感じない。

アカネヒメは、鈴の杖で前をさした。

『さ、あの子をおっかけてくださいな。全速前進！』

わたしは軽くため息をついて、くまちゃんを自転車のかごに入れると、幽霊の女の子のあとを追った。……ヒロ、くまちゃんは、もうちょっと待っててね。

幽霊の女の子がいくら走るのが速いといっても、自転車だって速い。すぐに幽霊の背中に追いついた。ああ、やっぱり、ふつうの子どもと違うなって感じが、ぞわっとする。

女の子は、うしろから迫る自転車のことなんか気にしないで走る。途中で、車が前から走ってきたけれど、体があたったみたいなのに、すうっと通り抜けていた。車のほうは、女の子に気づいていないみたいだった。

角をいくつか曲《まが》って、道はビル街から遠ざかり、やがて暗い広々とした空き地に、女の子はたどりついた。空き地……違うな。明かりの消えた、今は使われていないらしい工場が、広い敷地の中に建っていた。

張り巡らされた鉄条網を、女の子は通り抜けて、草が生い茂るその場所に入っていく。わたしは、アカネヒメと頷きあって、自転車をその場に置いて、あとを追った。

風が吹きわたって、草を揺らす。月明かりはあるけれど、あたりはまっ暗だ。わたしは冷えた肩をさすった。怖い。さすがに怖い。

なんだって、こんなことになったんだろうとは思うけど、あの子のことも気にかかる。……辛《つら》そうなんだもん。それになんとなく、あの子はヒロに顔だちがにていた。だから、気にかかって。

工場の建物のかげで、幽霊の女の子は、しゃがみこんで、土を掘っていた。小さな手で掘ろうとしていた。でも、指は土にふれようとすると、すうっと消えてしまうので、穴はわずかも掘ることができなかった。

女の子は、わっと泣きだした。

アカネヒメが、辛そうにいった。

『幽霊だもの。この世界のモノにはふれることができません』

わたしは思わず、草を踏んで近づこうとしたんだけど、そのとき、女の子はすすり泣きながら、立ちあがった。そしてわたしの前を通りすぎ、またどこかへ駆けていった。わたしは慌《あわ》てて自転車のあるところまで戻ったんだけど、そのときにはもう、女の子はどこへいってしまったのか、わからなかったんだ。


西公園のほうへ、自転車をのろのろとこいで戻った。

とても疲れていた。冷たい空気をいっぱい吸い込んだ胸は痛いし、足は重い。あんなにどきどきしたし、怖い思いもしたのに、結局、幽霊の女の子を見失っちゃったってことに、自分でも不思議なくらい、がっかりしていた。

ビルにくっついている光る時計を見たら、一時だった。汗が冷えて、ぞくっとした。こんな時間に外にいる子どもはいない。ひとけのない、眠っている街に。

背中をおされたように、ヒロのことを思いだした。

(目をさまして、泣いていないかな?)

なんだか、うちが、すごく、恋しくなった。

桜の木のそばに戻ると、アカネヒメが、舞いあがるように、ふわりと木の枝のほうに戻っていった。そうして、枝の上から能天気な声でいった。

『大丈夫。明日の夜もまた、あの子はこの公園のそばを通るのがわかってます。明日の夜中に、もう一度追っかけてみましょう』

金色の鈴の杖を振るアカネヒメは、はりきっていた。

でもわたしは、正直いって、明日もここにこいっていうの、と思っていた。また。夜中に。ひとりで。

これから家に帰って、もしパパかママかおばあちゃんが先に帰ってたら、叱《しか》られちゃうな。こんな夜遅くに、外をうろついてたなんて。

……そんなことが、急に気になってきたんだ。

アカネヒメは神さまだから、わたしの気持ちなんてわからないんだろうなと思った。神さまだから、ジョーシキもないし、人の都合なんて考えないし……。人の気持ちなんて、考えないんだよね。きっと。

アカネヒメが、わたしの顔をじっと見つめて、ふいに涙ぐんだ。ヒロがそうするみたいに、肩を揺らして、鼻をふくらませて。

『……そなたは、明日はもう、ここへはきたくないのですね？　あたくしを手伝ってはくれないんですね？　そなたの助けがあれば、ひょっとして救えるかもしれない、かわいそうな幽霊を見捨てちゃうっていうのですね』

涙がこぼれた。透き通った、赤い宝石みたいな色の涙だった。

『……あたくしはいや。不幸なもの、悲しいものをこれ以上見ているだけなのはいや。いつもあたくしは、この桜の木の枝の上から、人の子たちが生きて死ぬのを、ただ見守ってきたの。手助けしたいと思っても、いつも大したことはできなかった。でも……こんどこそ、やっとだれかを救ってあげられる機会がきたと思ったのに、そなたの助けがあれば、できると思ったのに、そなたは、あたくしを助けてくれないっていうのね』

神さまは、小さい子みたいにすすり泣いた。

肩をふるわせて、泣きつづけた。

わたしは思った。この子は、ずっとこんな風に泣いてきたのかなって。五百年のあいだ、悲しい人を見るたびに、泣いてたのかなって。ひとりぼっちで。赤い桜の木の上で。

ひょっとして、この桜が赤いのは、赤い涙で染まったのかも、なんてことも思った。

わたしはそっと、アカネヒメの頭をなでた。子猫をなでたように。

「ねえ、神さま。わたし、あしたもちゃんと、ここにきますよ。だから、もう泣かないで」

アカネヒメは、なんども頷いた。

アカネヒメにおやすみなさいをいって、わたしは自転車をとばして家に帰った。ぐっすり眠っているヒロの布団にくまちゃんを入れてやったとき、ママの車の音がした。わわお。帰ってきたんだ。わたしはねまきにきがえるひまもなく、二段ベッドの下の段の布団をめくってもぐりこんだ。しまった、灯を消してない。でも、ただいまと子ども部屋を覗き込んだママは、わたしの寝たふりにごまかされてくれたみたいだった。

「真夜中になっちゃったものね」

そういって、そっと灯を消してくれた。

次の日の真夜中。わたしがこっそり家を抜けだすのが、どれくらい大変だったか、神さまのアカネヒメには、やっぱりわからないんだろうな。

うちの家族たちなら、話せばわかってくれるかも、とは思ったんだけど、万が一、アカネヒメの話を信じてくれなかった場合、わたしが外にでられなくなっちゃう可能性があったから、内緒で、窓から、うちをでたの。

こんな冒険、実は初めて。ちょっとわくわくする思いで自転車を走らせた。そうよ。あの幽霊の女の子を、今夜は助けてあげられるかもしれないんだから。人助けならぬ、幽霊助けをするんだ。かっこいいじゃん。

空には、昨日より太った月がのぼっていた。

わたしが西公園にいくと、アカネヒメは、少し照れたような顔で笑った。

やがて現われた幽霊の女の子のあとを、わたしとアカネヒメは、昨日と同じに、自転車で追いかけた。

「ところで」

と、わたしは神さまにきいた。

「あの幽霊を、どうやって成仏させる気なんですか？　どういうやりかたで？」

肩の上のアカネヒメは、頷きながら、

『それは、あたくしも、悩んでいたとこなのです。ふつうは幽霊は、生前の思いを遂げてやれば、成仏するんですけど……つまり、あの子の無念を晴らしてやればいいんですけど、あの子の無念って、一体なんだと思います？』

走る幽霊の女の子は、やっぱり今夜も、わたしたちというか、周りのことが目に入っていない様子で、ただ前を見つめて走っている。

たどりついたのは、昨夜と同じ、人のいない工場だった。そしてまたその子は土を掘ろうとし、掘れなくて泣いた。立ちあがり、どこかへ駆け去った。わたしは今度こそと、追いかけたけれど、女の子は闇にとけるみたいに、ふうっと消えてしまった。

わたしがはあはあ息をきらしていると、アカネヒメがわたしの肩の上で、腕を組み、

『はるひ。さっきの土のところに、戻ってみてくれませんか？』

使われていない工場に、夜の風は吹き渡り、トタン板がばたばたと音をたてる。そんな中、女の子が掘ろうとしていたあたりの土を、アカネヒメはじいっと見るといった。

『土を掘るの。掘ってみてちょうだいな』

「えっ？　でも」

と、わたしはあとずさりした。

土は月光に照らされて、黒ぐろと光っている。

こういうときって……怪談とか、ホラー映画なんかだと、死体とかでちゃったりするわけで……。

でも、アカネヒメが、さあと指さすので、それにやっぱり、中になにがあるのか見たいので、わたしは、そこにあった平たい石で、掘ってみた。

十分くらい、掘っていたのかな？　三十センチは掘ったと思う。

やがて、石が硬いものにあたった。

掘りだしてみる。四角い木の箱だ。土の中にあったせいか、しっけて、崩れかけてる。

道路の街灯の下で、箱をよく見た。

箱の底にネジがある。オルゴールだ。でもネジは錆びてる。ふたをあけてみても、音楽は鳴らなかった。機械も錆びてるのかもしれない。

中に入っていたのは、おもちゃの指輪と、白い羽と、桜貝。「あやさかえりこちゃんへ」と書かれた「のもとゆうか」からの手紙。バースデイカードだ。九歳の誕生日おめでとうって書いてある。ふたりの女の子の写真が挟んである。

ひとりは、あの幽霊の女の子の写真だ。胸のあたりに「えりこ」って書いてある。あの子の名前なのかな？　もうひとりはショートカットの、頭のよさそうな子。こっちは、笑顔のそばに「ゆうか」の文字。

それから、大事にレースのハンカチに包まれた真珠が、ひとつぶ入っていた。

アカネヒメが、ほっとしたようにいった。

『この箱を見せれば、あの子は成仏するかもしれなくてよ。夜ごとに走って通い続けるほど、この箱がほしかったんでしょうし』

わたしも、箱を抱いて、頷いた。

次の夜も、なんとかわたしは家を抜けだし、西公園にいった。そしてまた、あの女の子が現われるのを待った。

空には満月がのぼっていた。

えりこちゃんが走ってくる。わたしとアカネヒメは、公園の塀《へい》を乗り越えるようにして、その前に降りたった。箱を見せる。

「オルゴールなら、ここにあるよ！」

えりこちゃんが、ふわっと立ち止まった。

大きな黒い目が真っ直ぐにオルゴールを見つめた。

みるみるその表情が、笑顔に変わっていって、わたしのほうへと、駆けてきた。オルゴール箱を抱きしめようとする。……幽霊だから、やっぱりそれは無理で、指がすり抜けてしまうんだけど。えりこちゃんはでも、なんども箱を抱きしめようとくり返し、そのうち、無理だと気づいて、泣きだした。

アカネヒメが、その肩に手をおいて、

『わかったでしょ？　あなたはもう、この世のものじゃないのです。その箱がどんなに大事でも、もう手にすることはできなくなってしまったの。だから、もう自分がいくべき世界へいかなくちゃ。あなたは……あなたは、かわいそうだけど、もうとうに死んじゃってるんですからね』

えりこちゃんは、泣きながらいった。

『わたし、どこにもいかないもん。真珠を、ゆうかちゃんに渡さなきゃいけないんだもん。急いで、ゆうかちゃんちに、いかなくちゃいけないんだもん』

わたしは胸がきゅっとした。この子はわたしより小さいのに、どうして死んじゃったんだろう？　なぜ幽霊になったの？

アカネヒメは、やさしくいった。

『でも、死んだものは、この世界では暮らしてちゃいけないの。悲しくても、それが世のことわりなんですものね』

えりこちゃんは、激しく首をふった。

『わたし死んでないもん。だってわたし、今、ここに、生きているじゃない？　ここに……』

ふと、自分のまわりを見まわした。

『……ここはどこ？　どうしてわたし、こんなところにいるの？　なんで、いま夜なの？』

心細そうに瞬きをして、いった。

『夕方だったよ。さっきまで。わたし、急いで家をでて、工場に、秘密の場所にいこうとしたんだもん。……工場に、いこうとしたよ。でもそのあと……トラックにぶつかって』

えりこちゃんは、ああっと高い声をあげると、小さな手で、顔をおおって泣きだした。

『わたし、あのとき死んだの？　死んじゃったの？　やだよう。そんなの、やだよう。ゆうかちゃんに、真珠、渡してないのに！』

えりこちゃんの体は、強い風に吹かれたように舞いあがった。そのまま夜の風にのるように、どこかにふわっと消えていった。

わたしは空を見あげたまま、きいた。

「成仏……したわけじゃないですよね？」

アカネヒメも空を見あげたまま答えた。

『無理でしたわ。でも、あの子を成仏させることができるようなものって、どうやら、いないみたいですわね』

「え？」

『あの子、えりこちゃんは、まだ死んでませんわ。ほとんどきれかけてるけど、魂の糸がまだあの子にはついてたの。いま満月の光に透けて見えました。あれはいわゆる生霊《いきりょう》ですわね』

「いきりょう、っていうと……？」

『人間が強くなにかをしたいとかほしいとか思って、でもそれができないときに、心だけが体を離れて、飛んでっちゃうことがあるんですの。あの子はなにかの理由があって、長い間、あの箱を掘りにこられないまま、どっかにいるんですのね。思いだけが、工場に通って、土を掘ってるんです』

わたしは、ぱんと手をうった。

「じゃあ、もしかしたら、昼間に、生霊じゃないときのあの子に、オルゴールを渡してあげれば……」

『万歳《ばんざい》って心が救われて、もう夜中に走らなくてもいいようになりますわよ、きっと』

アカネヒメは、にこっと笑った。

『さ、人の子よ。明日の午後にでも、また公園を訪《たず》ねてきてくださいましね。あたくしも神。神通力《じんずうりき》で、それまでにあの子の気配をたどって、あの生霊がどこからきたか、探《さぐ》っておいちゃいますから』


次の日、お昼を食べたあと、わたしは、アカネヒメの待つ西公園にいった。

桜の枝の上であぐらをかいたアカネヒメは、

『待ちわびましたわ』

と、偉そうにいって、わたしの肩にひょいと飛び移ってきた。

鈴の杖を、繁華街《はんかがい》のほうに向けていう。

『えりこちゃんの実物がいるのは、ここから北の方角。あたくしが方角を指し示すから、そなたは、その通りにいけばいいのです』

わたしは自転車をこぎはじめた。背中のリュックには、オルゴールが入っている。実物のあの子に、今日、これを手渡すんだ。喜ぶだろうと思うと、愉《たの》しみで胸がわくわくする。

でも……わたしは思う。えりこちゃんは、どうして、これを取りにこられなかったんだろう？　どうして魂だけが夜走ってるんだろう？

今どこで、なにをしているんだろう？


困ったのは、アカネヒメは、「進むべき方角」しか教えてくれないっていうことで、目のまえに建物がそびえ立っていようが、道なき道になっていようが、『はるひ、あっち』と、鈴の杖で、どこかの方角を指差して、のほほんとしているだけなんだ。

でも、自転車が空を飛べない限り、街を突っ切って、「公園からまっすぐ北」なんかにいくのは無理だ。わたしはアカネヒメに文句をいわれながら、まわり道をなんどもくり返して、そしてやっと、その場所についた。

『ここよ。この場所に、あの子はいるわ』

アカネヒメが顔を火照《ほて》らせていいきったそこは……その建物は、大きな病院だった。

わたしは自転車からおりて、建物を見あげた。……えりこちゃんは、そうか、この病院に入院しているんだ。きっとそうなんだ。

だから、オルゴールを掘りにこられなかったんだ。

わたしはきょろきょろしながら、病院に入った。都合のいいことに、面会時間……人が訪ねていってもいい時間みたいだった。

わたしはふと思いついて、受付にいった。入院してるなら、ここできけば、わかるはずだ。

「あの、あやさかえりこちゃんの病室はどこですか？」

「……あやさかえりこちゃん、ですか？」

受付の人が、なぜか不思議そうにきいた。

そのとき、そばの階段をおりてきた人が、

「え？　えりこちゃんにお客さん？」

と、びっくりしたようにきいた。

白衣をかっこよくきている女医さんだった。ショートカットの髪と賢そうな瞳が、初めてあったはずなのに、どこかで会ったことがあるように思えた。

「あなた、えりこちゃんとはどういう？」

「え？　あ、と……友だちです！」

女医さんは、ちょっと考えるような顔をして、それから笑顔で納得したように頷いて、わたしを「こっちよ」と呼んだ。

「病室まで、連れていってあげる。今、あの子のお母さんは、用事ででかけていて、いないから、わたしが会わせてあげるね」

女医さんには、わたしの肩の上に乗っかったアカネヒメは見えていないようだった。

「お名前は？」と、女医さんがきいた。

「あ、森山はるひです」

「えりこちゃんのお母さんに、頼まれたのかな？　お見舞いにきてほしいって。えりこちゃんは友だちが少ないから、お見舞いの人は、あんまりこないの。さみしくないように、訪ねてきてほしいって、頼まれたのね」

よくわからないけど、納得しているみたいだから、話を合わせようと思った。

「……ええ、そうなんです。はい！」

「ありがとう。やさしい子ね」

女医さんは、ふとさみしそうに笑うと、廊下の突き当たりの、「綾坂江梨子《あやさかえりこ》」と名札がかかった病室の扉を、そっとあけた。

百合の花の匂いがした。花がいっぱいの病室の、白いベッドに眠っていたのは、若い女の人だった。長い髪で、眠り姫みたいにきれいだったけど、えりこちゃんじゃない。

女医さんを振り返ろうとして、わたしは、はっとして、もう一度、女の人を見た。

「……えりこちゃん?」

それは、えりこちゃんだった。大人になっていたけど、確かにあの子だと思った。

女医さんが、ベッドのそばにかがんで、

「十七年前に、事故に遭ってね。それっきり、眠ったままなのよ。起きてくれないの」

わたしは……わたしとアカネヒメは、ただ、えりこちゃん……江梨子さんを見つめた。

女医さんはふと顔をあげて、わたしをじっと見た。

「この子は、このままかもしれない。このまま死んじゃうかもしれない。この子は友だちがいなかったから、この子のことは、わたししか覚えてないってことになるかもしれないの。それは悲しすぎる。……だから、あなた、この子の話をきいていってくれる?」

わたしは、頷いた。

女医さんは、目をつぶり、息をついた。

「この子はね、小学三年生までのこの子は、やさしくて、心のきれいな子だったの。

あんまりおしゃべりじゃなかったけど、道で知らない子どもが泣いてたら、泣きやむまで、黙ってそばにいてあげるような子だった。わたしは幼なじみで、この子が大好きだった。

でもね。ある日、この子は学校でいじめられるようになっちゃって。理由なんか、なかったのよ。いじめっ子に嫌われちゃっただけ。わたし、自分までいじめられるのが、怖くて……この子をかばってあげなかったの。この子と口をきかなくなったの。でも、この子はわたしを責めなかった。いままで通りに、わたしにおはようっていって、にこにこ笑いかけてくれたの。なのに……わたしは、この子のことを無視してたのよ。

そんなある日に、わたし、宝物の真珠をなくしたの。お嫁にいったお姉ちゃんがくれたもので、わたし、お守りのかわりに、いつも、こっそりポケットに入れてたの。それがなくなった。

その話をしたら、クラスの子たちが、『えりこがとったんだ』っていったわ。おもしろそうに、そういって、あの子を責めたの。あの子は、下をむいてふるえながら、椅子に座ってたけど、急に立ちあがって、教室をでたの。いなくなったの。

わたしは、あの子をかばってあげなかった。わたしがどんなに、あの真珠を大事にしてるか知っていたあの子が、そんなことをするはずがないって、わかってたのに。だけどみんなと一緒にわたしは……あの子のことを疑った。疑ったの」

女医さんの手は、江梨子さんの手をなでた。

「その日の夕方に、この子は事故に遭ったの。わたし思ったのよ。……自殺だったかもしれないって。わたしは後悔して、泣いたの。死んでしまいたかった。この子が死んでいたら、わたしも死んでいたかもしれない。でも、この子は眠ってたの。だからわたしは、この子が目を覚ましたら、謝ろうって、そのために生き続けて、なんとか起こそうとして……いまは見習いだけどお医者さんになったの」

そうか。この人は、あのオルゴールの中のカードと、写真の〝のもとゆうか〟だ。胸のなふだに「野本」って書いてあるじゃないか。

ゆうかさんは、やさしい声でいった。

「友だちは大事にしてね。……でないと、悲しい思いをすることもあるんだから。とりかえしがつかないことになることも」

そのときわたしは、眠る江梨子さんの目に、かすかな涙が光るのを見た。なにかいたそうに、くちびるが動くのを見た。でも、ゆうかさんは気づかないみたいで……

ふと、アカネヒメが手をのばした。江梨子さんの手をとり、握った。金色の光が散った。

「……ゆうか。ゆうか」

かすかな声が、名前を呼んだ。

ゆうかさんは白い紙みたいな顔色になって、ぎこちなくベッドのほうを振り返った。

江梨子さんは目をひらいていた。涙をながしながら、ゆうかさんのほうをみあげていた。

ゆうかさんののばした手……脈をとろうとしたように、わたしには見えた……を、江梨子さんの細い手はとり、抱きよせるようにした。弱々しく、ふるえる白い手で。

「ゆうか。……ずっと、謝りたかった。真珠をとって、ごめんなさい。クラスのみんなのいう通り。わたしが、あなたの真珠をとったの。隠していたの」

「うそでしょう？」

「ほんとうよ。……でも、最初からとろうとしたんじゃないの。落ちてたの。体育の時間のあとに。きっと体そう服に着替えたとき、ポケットから落ちたのね。拾って返そうと思ったのよ。でも、ゆうかとお話しできなくて。話しかけられなくて。わたし……そのうち、真珠を渡したくなくなったの」

江梨子さんは、ふかく息をついた。すすり泣くようにいった。

「……ゆうかのこと、大好きだったの。なのに、わたしとお話してくれなくなって。……恨《うら》んでたんじゃないのよ。しかたないと思った。いじめられるの、怖いもんね。ただ、わたし、さみしかったの。でも、真珠があれば……いつもゆうかがそばにいてくれるような気がして。勇気と元気がでるような気がして。わたし、学校をでたあと、うちに走って帰って、オルゴール箱に真珠を入れたの。永遠に持ってようと思った。でもそのあと、怖くなった。ばれたら、ゆうかに嫌われるかもって思って。わたしはだから、わたしの秘密の場所に、オルゴール箱を埋めにいったのよ。でも」

江梨子さんは首をふった。涙がながれた。

「うちに帰ってから、わたしは、ゆうかをうらぎったんだって思ったの。返そうと思った。わたし、オルゴール箱を掘りだすために、工場にいこうとして……トラックにはねられたの。そのとき……ちょっと思ったような気がする。死んでもいいって。でもね、真珠を返さなきゃって思ったら、死ねなかったの。ごめんね……」

なんにもいわないで、ゆうかさんは、江梨子さんの体を抱きしめた。

オルゴールが鳴っていた。いつの間に、リュックサックから取りだしたんだろう。いつの間に、壊れたオルゴールを直したんだろう？　アカネヒメが、窓辺に置いたところだった。

午後の日ざしをうけて、オルゴールは鳴る。箱の中の真珠や桜貝や、白い羽を光らせて。

知らない曲だったけど、きれいな曲だった。

帰り道、アカネヒメがぽつんと呟いた。

『……人の子って、なんでかんたんに死にたいとか、死にたかったとかいうのでしょう？　すずめもからすも、猫の子も、みんな一生懸命に生きようとしてるのに、なぜ人の子だけが、ばちあたりなことをかんがえちゃうのでしょうね？』

わたしは、ゆっくり自転車をこぎながら、

「友だちにひどいことをしたと思っちゃったりしたら、きっとわたしだって死にたくなりますよ。それくらい友だちって大事だもの」

わたしには江梨子さんの気持ちも、ゆうかさんの気持ちもわかる。

でも神さまはいった。

『だめ！　いくら辛くても、死にたいなんて、それだけは、いっちゃだめなのですっ！』

神さまの目に、赤い涙がぷくっともりあがった。

『かんたんに失なわれてしまう命を見るたびに、あたくしがどんなに悲しい思いをしているのか、どうして、だれもだれも、わかってくれないんです？　ながいながい間。黙って見てる、あたくしの身になってほしいのに！』

だれもわかってないってことはないですって、少なくとも、わたしはって、いいたかったけど、言葉にすると、嘘っぽくなるような気がして、わたしは小さな神さまの頭をなでた。

それから何日か経って、西公園の赤い桜は、花が散りはじめた。赤い花びらは、風にのって、ひらひらと、街じゅうにながれていく。

わたしが、買い物の帰りに通りかかると、アカネヒメは桜の木の上で、赤い着物の袖《そで》をひろげ、杖の鈴を鳴らして、うたっていた。

東風よ　木の芽をふくらませよ
南風よ　水をあたたかくせよ
西風よ　生あるものたちの心を
　　　　ぬくもりでみたせ

アカネヒメは、金の鈴の杖をふった。

『春を祝福しているのです。この地のすべての生命が幸福であるように、幸せにこの一年を生きるようにって、天地に祈りを捧げているのです。もう五百年祈ってきたのです。この場所で』

ふと、口もとが、泣きそうに歪《ゆが》んだ。

『でも、五百年経っても、この地に、不幸が消えてなくなるなんてことはないの。あたくし、なんのために祈ってるのでしょう？　まだ子どもの、見習いの神さまのお祈りには、力なんかないのでしょうか？』

神さまの姿は空にとけてしまいそうに、うすく見えて、わたしは思わず手をのばした。

「だいじょうぶ！」

わたしは笑顔でいった。

「五百年分の祈りが、いつかまとめてかなう日がきますよ。そりゃあもう、スペシャルに！」

『すぺしゃるに？』

「うん。いつか、どさっとまとめて！　宝くじがあたるみたいに！」

アカネヒメは、少し、ほほえんだ。

わたしはいつか、この神さまがずっとにこにこ笑っていられる日がくればいいな、と思った。

ひだまりのなかを、のらの子猫が、歩いてる。ほこらしげに胸をはって。草むらには、おおいぬのふぐりの星みたいな青が光ってる。

春がきたんだ。この街に。

小さな神さまのもつ杖の、金色の鈴の音にのって。

夢みる木馬

わたしは、はあ、とため息をついて、石を一つ、けっとばした。

学校帰りの道。

十二月の空は、曇って灰色。

りかちゃんと、ケンカしちゃった。

三月に、わたしがこの街に引っ越してきてから、いちばんのなかよしだったのに。

きっかけは、小っちゃなこと。

とある本のせい。ぶ厚くて高くて、すごい人気のファンタジーの本。図書館で借りようと思ってたんだけど、人気があるものだから、なかなか順番がまわってこなかったの。

パパとママに買ってっていったら、「クリスマスにね」って約束してくれたけど、クリスマスまで、あと十一日もあるんだもの。待ちきれない感じがした。

そしたら、今日の朝。学校にいったら、りかちゃんがうれしそうにその本を見せてくれたんだ。昨日の夜、パパが会社の帰りに買ってきてくれたの、って。

「あ、いいなあ、貸して」

わたしはつい、いっちゃったの。

するとりかちゃんは、困ったように、いったんだ。

「……あの、うち、人に本を、貸しちゃいけないってことに、なってるの。……パパやママに叱《しか》られるから、あの……ごめんね」

突き放されたみたいな感じがしたんだ。

「うん。わかった。いいよ」

わたしは、やっとそれだけこたえて、自分の席に戻った。

それから、一時間目があって二時間目があって、三時間目があって……。いつもなら、休み時間になるごとに、りかちゃんの席にいって話すのに、今日は椅子に根っこが生《は》えたみたいになって、いけなかった。りかちゃんがこっちをちらちら見てるのがわかってたんだけど、なんか、目を合わせられなくて……。

お昼休みになって、りかちゃんが、わたしの席にきた。

小さな声でいった。

「……はるひちゃん、ごめんね」

「なんで、謝るの？」

自分の声がいじわるで、びっくりした。

りかちゃんは、泣きそうな声でいった。

「……本、貸してあげるから。怒らないで」

「パパやママが、怒るんでしょ？」

「……怒られても、いいから」

目の前に差し出された本を、わたしはおし返した。

「いい。読みたくない」

五時間目の授業が始まった。

放課後、いつもならいっしょに帰るのに、わたしはりかちゃんを無視して、家に帰ろうとした。

そしたら、りかちゃんが、いきなりわたしの前に立って、

「はるひちゃんなんか、嫌い。絶交よ」

目に涙がにじんでた。りかちゃんはくるっと身をひるがえして、かけ去った。クラスのほかの子たちは、なかよしのわたしたちのケンカを、おろおろしたように見てた。

わたしは、一瞬ぼーっとしたけれど、すぐに、ふん、という顔をして、教室をでた。

つっ走って家に帰ろうとした。冬の、色のない空を見ながら走っていたら、胸がむ

かむかして熱くなって、気持ちが悪くなった。

もういいんだ。もともとわたしはこの街に転校生できたんだから。前の街にも友だちはいるんだし。今度の学校でだって、りかちゃんだけが友だちじゃないんだし。そう思おうとしたけど、だめだった。胸の奥から、悲しいため息があふれてきて、それといっしょに、りかちゃんの笑顔や、ハトみたいなくるくるした声が、うかびあがったりきこえたりしてくるんだもん。

転校してきて、初めて学校の門をくぐった日、こちこちになって四年一組の教室にいったわたしに、そっと声をかけてくれたのが、りかちゃんだった。

すっごい、やさしい子なんだ。

わたしは、りかちゃんが、大好きなんだ。

なのにどうして、いじわるいっちゃったんだろう？　意地張っちゃったんだろう？

息が切れて、東風早《ひがしかざはや》町西公園のそばで立ちどまった。

鼻の頭に、ぽつんと涙が落ちたから、ぐいっと手の甲で拭いた。

謝ったら、許してくれないかなあ？　そう思って、首をふった。

「……きっとだめだ。あんなに、怒ってたもん」

そのとき、鈴が鳴る音がした。

ちょっと、能天気な、澄んだ声がきこえる。

『どうしたのです、はるひ。辛気《しんき》くさい顔をして？』

アカネヒメだった。いつも通り、少しだけ宙《ちゅう》に浮いて、こっちを見おろしてる。

アカネヒメは、この小さな公園の、赤い花の桜の木に住んでいる神さまだ。見た目はわたしより小っちゃいくらいの女の子に見えるんだけど、実はもう五百年もの間、この街を見守ってくれている、土地の神さまだ。

春に出会ったときには、赤い着物をきていたアカネヒメは、夏には若葉の緑色の着物、秋には紅葉みたいな色の着物をきてた。そして、冬になった今は、空の雲か霧か雪のような、白と灰色と銀の不思議な濃淡のついた衣装を着てるの。頭に金の冠《かんむり》をかぶってるのは、いつも通りだけど。

この神さまは、街のだれにでも見られるひとじゃない。わたしみたいな、不思議なものが見られる体質じゃないと、見えないし、お話もできないらしい。わたしは久しぶりの……たぶん数十年か、数百年ぶりくらいの、アカネヒメの人間の友だちなんだよね。

寒い日の午後。この西公園には人通りがない。

アカネヒメが、持っている金の鈴の杖を、おいでおいで、っていう風に振るから、

よっていったら、神さまは、ふむ、とうなりながらわたしの顔を覗《のぞ》き込んで、

『いつもみょうに幸せそうで、しんぷるに明るいそなたが、まあ別人のように暗い顔しちゃって。そなたにしりあすは似合わなくってよ』

ところどころかちんとはくるけれど、慰《なぐさ》めてくれてるのはわかったから、鼻水をすりながら顔をあげたら、アカネヒメは、急に、思い出したって感じで手を打って、

『そうそう、くりすますが、もうすぐじゃあなくって？　そう思うと、ほら、少々の落ち込みも直るってものじゃありませんか？』

「……クリスマス？」

アカネヒメとクリスマスの取り合わせって、すごくギャップがあったから、わたしは三回瞬《まばた》きをした。

アカネヒメは、女優みたいに空を見あげて、うっとりと、

『新暦《しんれき》の十二月二十四日の夜に、空を飛ぶとなかいのそりにのって、よい子にぷれぜんとを配りにくる、西洋の妖怪変化《ようかいへんげ》がいるのでしょう？　あたくし、一度は会ってみたいものだと、この数十年待っていたんですの。今年こそ会えるかしら？　ねえ、はるひは、会ったことがありますか？』

「あの……神さま。サンタは妖怪変化じゃないと思いますけど」

『まあ、じゃあ、なあに？　……怪獣《かいじゅう》？　それとも恐竜？』

「……怪獣でも恐竜でもないと思いますよ。ええっと、伝説、かな？　昔からいることになってるけど、実はいない、おとぎ話っていうか」

きょとんと、アカネヒメは首をかしげた。

『でも、はるひ。街中の子どもたちは、毎年くりすますがちかづくごとに、さんたくろーすにぷれぜんとを頼むんじゃなくって？　で、くりすますの朝には、枕《まくら》もとに、そのさんたからの、ぷれぜんとが置いてあって……』

わたしは、アカネヒメがかわいくて、笑っちゃった。この神さまったら長生きなはずなのに、人間世界のこと、わかってないんだもん。

「そういうことになってるけど、ほんとはその子の家族が、サンタのふりをして、プレゼントを用意して、その子が眠ってるうちに枕もとに置いとくって、そういうイベントなんですよ」

『さんたくろーすは、ほんとはいないの？』

「そうですよ。うちにもきませんもの」

二年前まではきてた。だけど、クリスマス・イブの夜に、枕もとにプレゼントを置こうとしたパパと、ちょうど目が覚めたわたしの目が合っちゃったときから、実はサンタはいませんでしたってことになっちゃったんだよね。

まあそれで、結果的には、毎年のクリスマスに自分がほしいものを買ってもらえるようにはなったんだから、いいんだけど。でも本音をいうと、まだサンタがいると信じてる幼稚園児の弟のヒロが、羨《うらや》ましいような気がするときもあるけどね。

「クリスマス」ってことばから、そのときわたしは、ほしかった本のことを思い出し、りかちゃんのことを思い出して、ため息をついた。

と、ふう、と、アカネヒメも前髪を揺らして、ため息をついた。

『……ほしいものが、あったのです。

駅前商店街のおもちゃ屋さんに、ふわふわの毛なみのうさぎのぬいぐるみがあるとききました。からすがそういっていたのです。

雪のような毛なみで、目は赤いがらす玉。首に青いりぼんを結んでいて、それはそれはかわいいって。さんたくろーすに頼めば、もらえるかもしれないと思っておりました……』

「……でも、アカネヒメさまは、神さまなんだし」

『あたくしは、まだ子どもの神さまですもの。いい子にしていれば、その妖怪から、ぷれぜんとをもらえると思ってたんです……』

アカネヒメは、くちびるを、泣きそうに尖《と》がらせた。

『……雪が降るような寒い日に、ひとりきり、この公園で夜を明かすのはさみしくて、寒いのです。神であるあたくしは、ほんとは寒くないはずなんですけど、冬の暗い夜には、この身が凍《こご》える思いがするのです。……でも、もし、ふわふわのうさぎのぬいぐるみがあれば、だっこしていたら、あったかいんじゃないかな、と思ったのです』

わたしは、胸がきゅうっと痛くなった。

アカネヒメは、まだ子どもの神さまだから、よりしろの赤い桜の木から離れることはできない。ひとりきりがさみしくても、だれかに会いにいきたくても、ここにいるしかないんだ。

「あ、あのう、わたし、またきますから……」

わたしはそういうと、走って、駅前商店街にいった。買ってあげたかった。アカネヒメに、そのうさぎを。クリスマスのプレゼントに。

街でいちばん大きなおもちゃ屋さんのショーウインドウは、モールや色とりどりの電球でかざられて、ぴかぴか光ってた。ウインドウの真ん中に、問題のうさぎは、いた。ひと目見てわかった。大きくて、ふわふわで、雪色で、きれいだったから。

でも、ウインドウに顔を押しつけて覗き込んだわたしは、がーんときて、うしろにのけぞっちゃった。なぜって、うさぎについていた値札の数字は……。

「い、一万八千円……？」

どこをどうひっくり返したって、わたしは、そんなお金は持ってないよ。

わたしは、ふかい深いため息をついた。

いいタイミングで、ひゅうって北風が吹いて、体が冷えた。歯が、かたかた、鳴った。


駅前のバスターミナルのそばに、風早中央公園がある。

緑がいっぱいあって、半円形の舞台がある野外劇場や、噴水がある大きな公園なんだ。アカネヒメがいる西公園は小さな小さな公園だから、ここにくると、公園にもいろいろあるんだなあって、わたしは思う。

公園の横に、バス通りは、続く。この道をしばらく歩いて、ちょこっと曲ったら、古い住宅地にいきついて、そこにわたしの家はあるんだけど……。今日はなんだか、まっすぐ帰る気がしなくて、わたしは公園に入った。

中央公園は、名前のとおり、街の中心地にあるの。駅のそばにあるってこともあって、街の人たちの通り道にもなってるから、こんなに寒い日の夕方でも、それなりに賑《にぎ》わってた。

ヨーロッパ風の焼き栗《ぐり》屋さんがでてる。その隣《となり》には焼き芋《いも》屋さん。あまい煙《けむり》のにおい。会社帰りの、若いお姉さんたちが、てぶくろの手で、あつあつのお芋をうけとってる。

煙が目にしみて、泣きたくなった。

そのときだった。

いつもの歌がきこえた。上手な、きれいな声の歌。

「絵はいかがですかあ？　すてきな絵、かわいい絵、心に残る絵はいかが？」

石畳《いしだたみ》にしゃがみこむようにして、若い男の人が歌ってる。歌いながら、手に持った白いチョークで、さらさらと絵を描きはじめる。

「今日はそうだな。ハトを描いてみようかな？　たくさんのたくさんのたくさんのハト。うまく描けたら、ご喝采《かっさい》」

手がまるで、やわらかななにかをなでるように石畳の上で、ふわふわと動く。

その手の下から、魔法のように、ハトの翼が生まれ、何羽も生まれ、石畳の空にはばたく。

通りすがりの人たちが、振り返り、絵のそばに集まる。わたしも走って、そのそばにいって、みんなといっしょに絵を見つめた。

若い男の人は、わたしに気づくと、ちらっと目をあげて、ほほえみかけてくれた。

見るまに石畳の上には、はばたくハトの群が生まれた。たった一色の、白のチョークから生まれたとは思えないような、みごとな絵だった。

絵を見ていると、波音《なみおと》みたいなはばたきがきこえた。そしてハトたちのうしろに、広々とした空と、雲が見えた。あったかい感じがした。絵の中の果てしない空は、春の空だったんだ。凍《こお》りそうになってたわたしの心は、氷がとけるみたいに、やわらかくなった……。

その場にいたみんなが、春の空を見たのかもしれない。

寒そうに身をかがめてた人たちも、不機嫌《ふきげん》そうだった人も、今は、口もとにほほえみを浮かべてた。

街の人たちは、お財布をあけて、絵の上にコインを投げたり置いたりした。缶コーヒーを買ってきて、置いてく人もいた。若い男の人は、ひとりひとりにお礼をいって、そうしてわたしが、百円置こうとすると、自分の手でおし返して、

「前にいわなかったっけ？　子どもからはお代はいただかないよ。子どもがぼくの絵で喜んでくれるなら、それでぼくも幸せだから」

にっこり笑うこの人の名前を、わたしは知らない。けど、心の中では「青空《あおぞら》さん」って呼んでるんだ。この人のことを初めて見たとき、パパに話をしたら、「そりゃ、青空画家だねえ」っていったから。そして、この人の笑顔は、さっき見た幻《まぼろし》の青空みたいに、すっきりきれいな笑顔だから。

この公園に、よく、青空さんはいる。古着の大きなコートを着て、ベンチに腰かけて、ハトや子犬や通りすぎる人なんかを見てる。空気みたいに見守ってる。それがあんまり自然だったから、わたしは最初、この人もアカネヒメみたいな神さまかと思ったんだ。人間じゃないみたいだったんだもの。

でも、アカネヒメと違って、青空さんは、公園を通りすぎる、ほかの人たちの目にも見える。つまり、ふつうの人間らしいのだった。

冬の夕方は寒いから、街の人たちはハトの絵のそばからひとりまたひとりと、飛びたつみたいにどこかへいっちゃった。わたしひとり、その場に残ると、青空さんが、あたたかい缶コーヒーを、わたしに渡してくれた。

不思議な薄い灰色の目でにこっと笑う。背が高くて、なんだか西洋の人みたいだ。ベンチに並んで座ると、ふっと木のにおいがした。針葉樹とか、そういうにおい。香水かな？　嫌《や》なにおいじゃない。きれいな声が、話しかけてきた。

「……どうしたの？　元気がないね」

何回か見かけただけの人なのに、どうしてこの人のそばにいると、ほっとするんだろう。やさしい笑顔のせいなのかな……。

気がつくとわたしは、青空さんに、りかちゃんとのことを話してた。

青空さんは、静かな声でいった。

「あした、お友だちに謝るといいと思うよ」

「……でも、すごく、怒ってたし、きっと許してくれないと思うから……」

青空さんは、首をかしげた。

「謝るって、許してもらうためにすることなの？　その人のことを傷つけて、自分はわるく思っているってことを、伝えるためにすることじゃないの？」

「あ」

「心をこめて、思いを伝えるのがいちばん大切なことじゃないのかな？　はるひちゃん……っていったかな？　すべてはそれからのことなんだよ。でもね。思いが純粋なら、きっと、それは通じるって、ぼくは信じてる」

青空さんの笑顔が、わたしを見つめる。

わたしは、ちょこっとうかんでた涙を、指先で拭《ぬぐ》って、へへ、と、笑った。

「ありがとうございました。なんか、真理をきいちゃったぜって、感じです」

「ふふ。実はさ、ぼく自身が子どものときに人からきいた話をしただけなんだけどね」

青空さんは、頭をかいて、笑った。

「ぼく、子どものころは、けっこうケンカばかりしていたものだから。で、今日の君みたいに落ち込んで、あるやさしい人に話をきいてもらったことがあるんだよ。だから、『真理』を知っていたのは、ほんとうはその人だったってことになるね」

それから公園がだんだん暗くなってゆくまで、いろいろ話すうちに、アカネヒメの話になった。

青空さんは、膝《ひざ》の上にほおづえをついて、うれしそうにわたしの話をきいてた。そうして、ひと通りきき終わると、石畳のハトの絵のそばに、アカネヒメの絵を描いた。見たことがないはずなのに、そっくりだった。

「……この街には、こんなかわいい神さまがいるんだね」

石畳をこするチョークの音をさせながら、青空さんは幸せそうに、絵を描き続ける。

「ぼくは、子どものころに、橋を渡ったとなり町に住んでいたんだ。

この街が好きで、よく自転車に乗って遊びにきていたんだけど……そんな神さまがいるって知ってたら、会いにいってあげたのにね。

さみしいのは、辛《つら》いもの」

「今だって、会いにいってみよう。今度いってみよう。でも、ぼくの目に見えるかどうか」

わたしは、青空さんの不思議な灰色の瞳《ひとみ》を覗き込んだ。

「大丈夫ですよ、きっと」

この人の目には神さまが見えるだろう。そんな気がした。

と、青空さんが、楽しそうにいった。

「そうそう。ぼくは、実は、サンタクロースの子孫《しそん》のひとりらしいよ。子どものころ、そんな話をきいたことがあるんだ」

「え？」

「ヨーロッパの北のどこかの国に、サンタクロースの村があるらしいんだ。そこはサンタクロースの子孫が住んでいる村で、ぼくの先祖はその村の人のひとりだったらしい。いつの時代にか、その人は、遠い遠い日本にやってきたんだね」

「ええっ？　でも、サンタクロースって、おじいさんで……ひとりでトナカイといっしょに暮らしているものじゃないんですか？」

サンタを信じてるわけじゃないけど、あまりにもイメージと違う気がして、つい訊き返しちゃった。青空さんは笑って、

「うん。ぼくもはじめてその話を、ぼくのお父さんからきいたときは、そういったよ。お父さんも、そうだねっていって笑ってた。

でもとにかくその村には、トナカイの橇《そり》を操《あやつ》って、空を飛ぶ力を持つ人たちが住んでいたんだそうだよ。昔、昔はね」

「今は？　今はいないんですか？」

「サンタクロースの空を飛ぶ力は、人が魔法を信じる力からきているんだって。そういう世界には、不思議な空気が満ちていて、サンタのエネルギーになるんだ。科学が進んで、みんなが魔法を信じなくなってきて……サンタは、空を飛べなくなったんだってさ」

青空さんは、夕暮れの青い空気がおりてきた公園の石畳に、今度は、橇の絵を描いた。白いチョークで描かれたトナカイの橇は、白い満月の前を、サンタクロースを乗せて、飛んでいく……。

ひとりごとのように青空さんはいった。

「ほんとうのサンタクロースは、子どもたちに、おもちゃじゃなく、夢と幸せを運ん

だっていうことだよ。冬の寒い時期に、もうじき春がくるよ、あと少し我慢していたら楽しいこともあるよって、一晩だけの幻と、幸せな夢を運んだんだ……」

「そうかあ。おもちゃはくれなかったんだ」

でもそのほうがなんか、らしい気がした。

ふふっと青空さんは笑った。

「サンタクロースの伝説は、あまり信じちゃいないけれど、でも、ぼくがほんとうに、その子孫ならいいなあ、と夢みることはあるよ。

だってそうしたら、ぼくにも、サンタの魔法の力がかけらでもあって、空を飛ぶことはできなくても、少しだけでも、この手で人を幸せにすることはできるかもしれないでしょう」

青空さんの笑顔が眩《まぶ》しかった。なんていうのかな、こういう人がいるってことで救われるみたいな……そういう感じがした。

「ぼくは、夢じゃなくて、ぼくの絵で、人を幸せにしたいんだ。そのために、画家になりたいんだよ。絵の学校に通ってるんだけど、絵の具代と授業料を払うために、公園で絵描きをしてるんだ。

……ううん、最初はそのためだったんだけど、今は、この街のこの公園で、ぼくの絵で一瞬でも楽しい気持ちになってくれる人たちのために、ぼくは絵を描いているのかもしれないな……」

青空さんは絵を描き終えた。そうして、のびをしながら立ちあがって、ほほえんだ。

「……子どものころにね、ぼくもすてきな絵を見て、幸せになったことがあるんだ。だからね、ぼくもその絵のような絵を描いて、同じようにだれかを幸せにしたいって思ったんだよ。だから、その夢も、さっきの真理と同じで、ただのまねっこかもね」

青空さんの笑顔は、やっぱり、青空みたいに明るかった。


家に帰ったら、ママが、キノコのホワイトシチューを作り終わったところだった。

「おかえり、遅かったじゃないの？　はるひ、手を洗ったら、ヒロといっしょにテーブルにお皿を並べてちょうだい」

と、そこに、おばあちゃんが部屋からでてきて、なんだか、落ち込んだ顔でいった。

「ちょっと、香子《きょうこ》。神崎亮介《かんざきりょうすけ》が、具合が悪いんだって。病気らしいの」

「え？　神崎亮介って、あの絵本画家の？」

「そうよ。お屋敷町のバラ屋敷の。今お友だちからメールがきたの」

おばあちゃんは、いろんな街の友だちとメールのやりとりをしたりチャットしたりしてる。そのだれかから手に入れた情報なんだろう。

わたしは、おばあちゃんにきいた。

「かんざきりょうすけ、ってどんな人？」

おばあちゃんは、悲しそうにまゆをひそめたまま、やさしい声でいった。

「それはそれは美しくてやさしい絵を描く、画家さんなの。子どものために、いい絵本をたくさん描いた人。日本だけじゃなくて、世界中で知られているような、りっぱな画家さんなのよ」

「そんなすごい人が、この街にいたんだ」

「ええ。古い住人なのよ。丘の上の、古いお屋敷がたくさんあるあたりに住んでいてね。子どもが好きな人だったから、庭には公園みたいに、小さなメリーゴーラウンドが置いてあって、日曜日には動かしてくれていたの。

おばあちゃん、高校生のころから、その画家さんのファンでね。自分で焼いたケーキを持って、訪ねていったことがあるのよ。そのころにはもう、すてきなおじさまって感じの年だったけれど、わたしの甘いケーキを、ありがとうって、笑顔で受け取ってくれてね……。

ほら、おばあちゃんの部屋に、小さな絵があるでしょう？　昔のおばあちゃんの絵。

そのときお礼にって、あの絵を描いてくれたの」

その絵なら、いつもおばあちゃんは、額に入れて飾ってるから、知ってる。みつあみをして、セーラー服を着たおばあちゃんが、古いメリーゴーラウンドを背景に、緊張した顔で笑ってる絵。

パステルで描かれた絵なんだって前にきいた。ふわっとして、あったかくって、一度見たら忘れられないような絵なんだ。

「その画家さんが、病気になったの？」

「ええ」

「なんの病気？　……怖い病気？」

おばあちゃんは、ため息をついた。

「もともと丈夫な人じゃなくて、だから体も悪いんだろうけど……心の病気かな？　お屋敷の中にとじこもって、外へ出てこないんだって。ひとりきりで、だれともお話ししないで、部屋で寝てるらしいって噂《うわさ》なのよ」

「その人は、家族はいないの？　お友だちは？」

「神崎さんはひとり暮らしなの。その代わり、たくさんのお友だちがいて、そういう人たちを大切にしていたんだけど、その、特に仲がよかったお友だちとその家族が……この間、外国であった、ひどい事件で、いっぺんに亡くなってしまったんですって」

ママが、口もとに手をあてて、まあ、とひと言だけいった。目に涙がにじんだ。

その事件のことなら、わたしもテレビのニュースで見た。外国の大きな街に爆弾がしかけられて、爆発して、建物がたくさん倒れて、人がいっぱい死んだり、行方不明になったりしたんだ。今もまだ、見つかっていない人がいるっていう。

おばあちゃんも、涙をこぼした。

「……お友だちが、ネットできいた噂では、神崎さんは、あの事件があったあと、家にあった絵を、ぜんぶやぶってしまったんだって。自分がこんな仕事をして、夢みたいな話を描いても、なんの意味もない。むなしくなった、自分は無力だっていって……」

わたしも悲しくなって、ママのおなかに抱きついて、少し泣いた。

ふっと、思い出した。前に、アカネヒメが泣いてたときのことを。アカネヒメは、人間の世界には不幸なことばかり起こるけど、自分にはなんの力もない、だれを救うこともできないっていってた……。

絵が描けなくなった画家さんも、そんな気持ちだったのかな、と思った。

世の中には、悲しいことが多すぎる。そう思うと、りかちゃんとケンカしたことなんか小さなことのように思えて、ううん、でもやっぱり、すごく辛いことのようにも思えてきて、わけがわからなくなって、頭痛がした。

その頭痛は、風邪引きの頭痛だったらしい。

熱は四日くらいでなんとか、下がったんだけど、そのあと、咳《せき》がなかなかとれなくて、わたしは結局、十日も学校を休んじゃった。

「りかちゃんに、ごめんって、いえないな……」

わたしは布団の中で、ため息をついた。

でも、心のどこかでは、ほっとしてもいたんだ。りかちゃんに会えないのなら、謝れなくてもしかたがないものね。

気がつくと、もうクリスマス・イブだった。

パパとママは、約束通り、わたしに、あの読みたかった本をプレゼントしてくれた。

でもわたしは本の包みをあける気になれなかった。

その夜は、パパの会社のクリスマス・パーティーの日だった。パパの会社は、小さなコンピュータ関係の会社なんだけど、毎年クリスマス・イブには、社長さんがホテルのホールを借りきって、社員の家族をみんな呼んで、忘年会兼クリスマス会をひらくんだ。豪華なごちそうがでて、プレゼントがもらえるの。わたしも毎年楽しみにしてたんだけど、今年は喉《のど》が腫《は》れてるし、いけそうになかった。

パパもママも参加をやめようかっていったけど、ヒロがパーティーにいかないなんて嫌だって泣きだしたから、わたしは布団から身を起こして、お願いだからいってきて、と頼んだ。

泣き虫ヒロに、そばで泣かれるのは頭痛にひびくし、やっぱり、かわいそうだもの。

夜、着飾ったパパとママとヒロはでかけていった。「おみやげを持って帰ってくるね」といいながら。わたしは布団に入ったまま、残ってくれたおばあちゃんといっしょに、鍋焼きうどんを食べて、地味にイブの夜をすごした。いつものパターンだと、パパママヒロが帰るのは、夜中になるだろう。

おばあちゃんは、居間のこたつで、たまにわたしに声をかけながら、編みものをしたり、雑誌を読んだりしていたけれど、そのうち、こっくりこっくりと眠りだした。

ふと気がつくと、カーテンが少しあいている窓の向こうに、白い雪が降ってた。

わたしは立ちあがり、冷たいガラスに手をついて、空を見あげた。すごい。ぼたん雪だ。あしたはホワイト・クリスマスになりそう……。

ふと、アカネヒメのことを思い出した。ひとりきりの夜の公園で、アカネヒメは、この雪を見ているのかな、って……。

わたしは、パジャマの上にセーターを着て、コートをその上に重ねて、外にでた。自転車に乗って、雪に邪魔されながら、バス通りを西公園へととばした。自分の息が、白く煙みたいに見えた。手がかじかんで、凍《こお》りつきそうだった。

クリスマス・イブの街は、もう遅い時間なのに、夢の中の世界みたいに輝いてて、楽しそうな人たちが歩いてて、どこからともなく風に乗って、クリスマス・ソングがきこえてきた。

西公園のそばにきたとき、意外な人のうしろすがたに気づいた。

青空さんだった。青空さんが元気なく、歩いている。なんだろう、ちょっとよろけ気味。……どこか具合が悪いのかな?

「あ……こんばんは。メリー・クリスマス」

わたしが自転車からおりて、声をかけると、青空さんは、うん、というように見おろして、

「……メリー・クリスマス」と、笑った。

でもその笑顔は、いつもの笑顔とは違ってた。

お酒のにおいがした。酔ってたんだ。手には、四角い洋酒の瓶がにぎられてた。街灯に照されて、透き通ったお酒が揺れる。

「……はるひちゃん。西公園にいる神さまに、メリー・クリスマスをいいにいこう。……ほんとにいるなら、の話だけどね」

へらへら、と、青空さんは笑う。

「世の中には神も仏も、夢もファンタジーも、存在しないんだ。ああそうだよ、わかってたよ。……でも、なんだってあんなにいい人が」

何歩か歩きだして、青空さんはうつむいた。涙がこぼれるのが見えた。

「あの……あの、大丈夫ですか？」

自転車をおしながら、わたしはそばにいった。

青空さんは、雪が降るなかで呟《つぶや》いた。

「……ぼくは子どものころ、自転車でこの街を探検するのが好きだった。友だちがいないから、自分の街は嫌いだった。そんなある日、丘の上のお屋敷町にある、古い洋館を見つけた。洋館には、見事なバラ園があって、子どもたちのために開放された、メリーゴーラウンドのある庭があった。そこにはやさしい笑顔の絵本画家のおじさんが住んでいて、きれいなパステル画がたくさん飾ってあった」

あれ、とわたしは思った。丘の上の、メリーゴーラウンドが庭にある洋館って……。

「ぼくはその日、おなじクラスの子とケンカして、いらついてたんだ。画家さんにやさしく迎えいれてもらったのに、こっそり、バラの枝を折ってしまうくらいに。でも、その家で見た一枚の絵が、ぼくを救ってくれたんだ。それは、青空の絵だった。果てしなく透き通った青い空と、やわらかな白い雲の絵だった。

ぼくは思ったんだ。むずかしいことばじゃなく、思ったんだ。こんな絵みたいな気持ちでいつもいられたら、どんなにいいだろう、って。それはいつか、こんな絵を自分で描けたらって思いに変わっていったんだけど……」

青空さんは、雪が降る空を見あげた。

「会ったのは子どものころ一度きりだったけど、あの人のことが大好きだったんだ。いつかりっぱな画家になったら、もう一度、会いにいこうと夢みてたんだ。神崎亮介先生に……」

わたしははっとした。やっぱり。

青空さんの尊敬している画家さんって、こないだ、おばあちゃんがいってた、お屋敷町の神崎亮介さんのことだったんだ……。

「こないだ、はるひちゃんと話していて、あの人のことを思いだしたら、あのお屋敷が懐かしくなって……塀《へい》の外からでいい、見てみたいって思って。今日の午後、いってみたんだよ。久しぶりの道に迷いながら、やっとあの家にたどりついた。

そうしたら、バラ園のバラは枯れていた。木馬は汚れていたよ。そして庭一面に、ごみのように紙きれが散っていたんだ。

門はとざされていて、屋敷の窓もカーテンがかかっていた。通りかかった近所の人に訊ねたら、その人は暗い声で、神崎さんはもう絵を描くことをやめたらしいって話してくれた。

ぼくはそのとき、初めて気づいたんだ。風に吹かれて足もとにきた紙きれを拾いあげたときに。それは……やぶられた絵だった。あの人は、自分で描いた絵の額を割り、絵をやぶいて、庭に捨てたんだ……」

青空さんはうつむいたまま歩きはじめた。わたしは自転車をおして、あとからついていった。

なにもしてあげられないけれど、そばについていてあげたいと思ったから。

「……ぼくの好きだった青い空の絵も、あの人はやぶってしまったんだろうか？」

わたしと青空さんは、西公園についた。

アカネヒメの公園がある、そのあたりは古い住宅地だから、夜は人通りはぱたりととだえるの。しんとして静か。

雪の中、薄桃色のぼんやりとした光が、こっちへと近づいてくる。中心には、白と銀の衣を着て、冠をかぶったアカネヒメがいる。いつもみたいに、少しだけ宙に浮いて、そして不思議な顔をして、青空さんを見あげた。

と、青空さんが笑った。なんだかなげやりな笑いかただった。

「幻が見えるほど、飲んじゃったのか？」

青空さんは不機嫌な顔で、酒瓶を抱いて、地面に座り込んだ。

「……はるひちゃんがいってたとおりの女の子の神さまが見えるぞ。ぼくの想像力もたいしたもんだな。酔っぱらっちゃっただけの話か」

……いやそれは、どっちもちがうと思うけど。

青空さんは、幻だと信じ込んでいるらしいアカネヒメにあいさつするみたいに、ひょいと片手をあげて、メリー・クリスマス、といった。

そして、突き放すようにいった。

「この世のなかには神さまなんかいないんだ。人間は好き勝手に、生きたいように生きているだけで、死んだら、腐《くさ》ってしまうだけだ。夢も希望もファンタジーも、そんなのはみんなただの現実逃避で、意味がないんだ。どんなにきれいな絵も、やぶられたら終わりなんだよ」

アカネヒメが、そっと青空さんに手をさしのべた。その肩に白い手がふれた。

『……かわいそうな人の子。心が疲れているのですね。心の中が血をながしているのがわかりますわ』

手のまわりで、金色の光のつぶが散った。アカネヒメは不思議な力で、壊れたものを直したり、人や動物の傷を癒すことができる。もしかしたら、人の心の傷を治すこともできるのかな？

少しだけ、青空さんの表情が明るくなった。青空さんはアカネヒメを見あげ、じっと見つめ、そしてゆっくり首をふった。

「……だめだ。ぼくにはもう、神さまも妖精も、信じることができない。見えていても、見えないんだ。幻だとしか思えない……」

青空さんはつめたい地面の上に座ったまま、ぼんやりとコートのポケットをさぐり、チョークをだした。街灯の光に照らされて、灰色に光って見えるチョークで、雪を掘るようにして、絵を描いた。

バラの花と木馬の絵だった。それはそれは、きれいな絵だった。

「……世界にはほんとうに神さまや天使がいて、人の願いごとはかなう、やさしい人は報われる、そんなことがあればよかったのに。ぼくはサンタクロースならよかった。そしたらぼくは、今夜、神崎さんに、幸せを届けにいくのに。やさしい絵を届けにいくのに……」

ふと、アカネヒメの手が、青空さんの顔を、支えるみたいにもった。青空さんの目を覗き込んで、アカネヒメはいった。

『あなたは一体なあに？　あなたの中に、精霊の力がある。小さなかけらのような光だけれど……そう、一晩だけのことなら、輝かせてあげることができるかもしれません』

ぱぱっ、と音をたてて、まるで一瞬火花が散ったように、金色の光が生まれて消えた。

そして、わたしは幻のようなものを見た。

地面に描かれたバラの花が、湧きあがるみたいに浮きだしてきて、ほんとうの花になって立ちあがった。緑色に葉を茂らせ、雪みたいに白い花びらをひらいた。甘い香りがした。絵の木馬がひづめの音をさせて立ちあがり、たてがみをふるわせて、いなないた。

青空さんは驚いたようにふらっと立ちあがり、そして、いちばんびっくりの魔法は、それから始まった。青空さんの長いコートが、ふわふわの襟飾りのついた赤い服に変わってゆき、髪が白く長くのびていったんだ。くるくるの巻き毛になってゆく。

わたしは、ぽっかりと口をあけて、見あげた。

「……サンタクロース？」

ひげははえてない。おじいさんでもない。でもその姿を見て、サンタだとわからない人はだれもいないよ、きっと。だって、サンタクロースは、サンタクロースなんだもの。見た人はだれも疑いようがないものだって……そのとき、わたしは知ったんだ。

アカネヒメが、はしゃいだ。

『ね、はるひ、さんただわ。さんたよ。なんだ、さんたくろーすって、人の子が変身してなるものだったんですね』

「……それは、ちょっと違うと思います」

わたしは呟いたけど、アカネヒメにはきこえてなかった。

青空さんは、自分の服を見てさわって、ほほにふれて、そうして、ふるえる声でいった。

「……これは夢だ。いや、夢だっていい。せめて夢の中だけでも、ぼくはサンタになるんだ。空を飛んで、あの人に幸せを運ぶんだ」

わたしは思わず、いってしまった。

「で、でも、トナカイと橇がない……」

「あ、そうか」

青空さんは、悔しそうに空を見あげた。

「よくわからないけど、ひとりじゃ空を飛べないような気がするぞ。でも、トナカイと橇なんて、どこで手に入れたらいいんだ？　動物園に借りにいくのか？」

アカネヒメが、木馬の首に手をふれた。

『これに乗っていけばいいじゃないですか、さんたくろーす。あたくし、「となかい」という生きもののことも「橇」のことも、実はよく存じあげませんが、木馬とたいして変わらないんじゃないかと思いますわ。要は、乗りものの動物なんでしょう？』

「そうか。そうだね」

おおいに違うような気がわたしにはしたけれど、青空さんは頷《うなず》き、緊張した顔で、自分の絵から生まれた木馬にさわり、またがった。手綱《たづな》を手にとって、握りしめた。

「ああ、でも……飛べるのかな、ほんとに」

アカネヒメは、目を細めて、青空さんを見あげた。

そうして、にっこり笑っていった。

『あなたは飛べますわ。さんたくろーす。だって今夜という日は、あなたにとって、年に一度の大切な日なんですもの』

雪が降る公園で、魔法の白いバラの花は、次々に咲いていく。宝石をちりばめた木馬のたてがみは、ちかちかと光る。

そうなんだ。今夜は、クリスマス・イブ。世界中の子どもたちが、サンタクロースの存在を信じて、家にくることを祈ってる夜なんだ。青空さんは、人間が魔法や不思議を信じる思いが、サンタクロースに力を与えるって、そんなふうなことをいってなかったっけ。今夜の青空さんなら、きっと魔法をつかえる。うん、絶対に。

青空さんは、もう一度頷いた。そうして、地面をけって、木馬の首を空に向けた。木馬はいななき、そして、雪が舞う空へと舞いあがった。

アカネヒメが、わたしの肩に乗った。この神さまは体重がないくらいに軽いから、手のりインコを肩に乗せたみたいな感じがするの。

『はるひ、自転車に乗ってみてくださらない？　あたくしたちも飛べるかもしれなくってよ。さんたくろーすの若者から、魔法の力がほわほわわいてきていますもの。それをわけてもらいましょう』

ほんとかな、と思ったけど、自転車にまたがり、ちょっとペダルを踏んでみた。

うわ。宙にういた。

信じられないけど、ぐいぐいこぐだけで、自転車が空へ舞いあがってく。アカネヒメが、鈴の杖で、空を真っすぐにさす。

『さあ、さんたのあとを追いかけましょう。あの木馬は、一体どこにいくのかしら？　だれにぷれぜんとを配るのかしら？　ねえ、はるひ、あたくしにも、あのさんたは、うさぎをくれると思う？』

雪が降る空を自転車で飛びながら、わたしはアカネヒメに、どうやらほんとうのサンタクロースはおもちゃを配ったりはしないらしい、という話をした。アカネヒメは、ぷっと口を尖がらせたけれど、すぐに笑った。

『まあ、いいですわ。こんなにきれいな夜景が見られたから、それでよしとしましょう』

うん。きれいな夜景だったの。雪風の凍えるような寒さを忘れるくらいに。

雪がおちてゆく空を、サンタを乗せた木馬と、わたしたちの自転車がいく。

もう遅い時間で、人はイブの夜を楽しんでるか、帰り道を急いでるかだったから、空を見あげる人はいなかった。ひとりだけ、お母さんに背負われてた赤ちゃんが、空を見あげて、瞬きをしてた。

木馬は軽々と雪空を走り、わたしの自転車も、雪風をきって、そのあとに続いた。

そして、青空さんは、お屋敷町の一角の、大きな屋敷の敷地の上に浮かび、庭におりていった。それはまるで丘の上の城のように、ほかの屋敷から離れて、そびえてる家だった。庭がとっても広い。

わたしとアカネヒメも、そこにおりた。あれた庭の枯れた草の上で、ちぎれたたくさんの紙が、雪風に吹かれて、かさかさ音をたてていた。夜の闇の中に浮かびあがる、その一枚を拾いあげると、花の絵だった。絵はやぶかれて、ぐしゃぐしゃにされてた。紙きれは、庭いっぱいに広がるバラの枝にも引っかかり、小さなメリーゴーラウンドにも引っかかってた。壊れた木の額や割れたガラスも散らばってた。

アカネヒメの手が、枯れたバラの木の枝にふれた。と、バラの木が元気になり、葉っぱをするすると茂らせていって、花が咲いた。

そして、アカネヒメが鈴の杖をふると、メリーゴーラウンドに光が戻った。賑やかな音楽が鳴りだした。木馬たちは高く低く動きながら、くるくるまわって、飾られた鏡はきらきらして、色とりどりの電球が光った。

雪が降る庭中に、光があふれた。その光の中から、若いサンタクロースは、しんとした屋敷に向かって、声をかけた。

「……神崎さん。神崎さん、メリー・クリスマス」

屋敷のなかに、明かりが点《つ》いた。

大きなフランス窓が、ぎしぎしとあいた。

そして、長いガウンを着た、悲しそうな顔の男の人がでてきた。庭に立ってるわたしたちを……サンタクロースを見て、そんなばかなっていったみたいだった。よろよろと、こっちに近づいてくる。

青空さんは、神崎さんに、いった。

「昔ぼくがあなたにもらったものとは、くらべものにならないくらい小さな贈りものですが、あなたに、夢を持ってきました。

……ぼくの心の中にある、思い出の絵です」

青空さんは、赤い衣に包まれた腕を広げた。

たちまち庭中に散らばっていた絵のかけらが舞いあがり、そして、一枚の大きな大きな絵になった。絵は、青い空の絵だった。美しい絵だった。

「子どものころのぼくは、外見がみんなと少し違っていたことがきっかけで、学校で辛いことばかり続いていました。もう世界中のだれも、ぼくのことを受け入れてくれないにちがいないと思い込んでいました。

あなたは、初めてこの屋敷を訪れたぼく、バラの枝を折ったぼくに、やさしくしてくれた。そうして、この深い青空の絵を見せてくれました。あのときぼくは、世界中の人がもしだれもぼくを受け入れてくれなくても、あなたがぼくに声をかけてくれた、あの日の思い出があれば、生きていけると思っていました」

青空さんは、涙ぐみ、そして笑った。

「でも不思議なものですね。あの日からぼくは、友だちを作ることができるようになっていた。今のぼくは、もう孤独じゃないんです」

神崎さんは、苦笑して首をふった。

「わたしは、サンタクロースと話すのは、これが一生で最初のことだと思うが……ほんとうに君は、子どものころ、わたしに会ったのかい」

そのとき、ちらりとアカネヒメを見たのは、この人にも神さまが見えるってことなのかな……と、わたしは思った。

青空さんは、いつもの笑顔で笑った。

「そのへんの説明は、また未来に。いつかぼくは、人間の姿で、あなたに会いにきて、その日の思い出を話すつもりなんですから」

庭のバラは咲いていく。メリーゴーラウンドはまわる。空からは雪が降ってきて……そして、ふと、アカネヒメが呟いたの。

『人間は弱くて、愚《おろ》かで、争いをくり返すものです。でも、美しいバラを作り、絵を描き、そして、傷ついた心の子どもに手をさしのべることができる。やさしさにふれた子どもは、また自分がだれかに手をさしのべる……。

そのくり返しのうちに、いつか、たくさんのたくさんの子どもたちが幸せになる日がくるのではないかしら？　だれも泣かない日がくるのではないかしら？　神の祈りよりも、人の願いのほうが、人の世を動かすのではないかと、あたくしは、今、思いました』

神崎さんが、ほほえんだ。アカネヒメの手を取って、いった。

「クリスマスの夜に、サンタとともにきてくれた、かわいらしい君はクリスマスの妖精ですか？」

『いいえ、あたくしは神ですわ。この地と、人を守護するのが役目のまだ若い神』

「そうですか」と、神崎さんは笑った。やさしい笑顔で。

「こんな夢ならば、見てもいいですね。聖夜にふさわしい夢だ。自分の夢に礼をいうのもなんですが、ほんとうにみなさん、ありがとう」

神崎さんは、今が夢の中のできごとだと思ってるようだった。ううん。ほんとうにこれは夢の世界のできごとなのかもしれなかった。だって、雪もメリーゴーラウンドも、夜の庭に咲く一面のバラの花もきれいすぎたもの。

青空さんはいつもの笑顔でいった。

「よい夢とよい目覚めを。神崎さん」

「ありがとう、サンタクロース。君もまた、今宵《こよい》、いい夢をみられるように……」

そしてわたしたちは、その庭を離れたの。

そうして、つぎの日。クリスマスの午後。

気がつくともう冬休みだった。

こたつでみかんを食べてたら、そこに玄関のチャイムを鳴らして、りかちゃんが訪《たず》ねてきた。

わたしは、明るい笑顔を作って玄関に歩いていって、「やあ」っていったの。

りかちゃんは、赤い顔をしてた。そうして、手に持ってた包みを二つ、さしだした。

甘いにおいのする包みと、かたくて平べったい包み。

「クリスマス風のクッキー焼いたの。それと……本、プレゼントにあげる。かすんじゃないの、あげるんだから、パパやママには文句をいわせないから、だから、いいのよ」

わたしは包みを持ったまま、うれしくて、でも困ってしまって、もじもじしちゃったの。

りかちゃんは顔をあげて、わたしを見た。

「パパとママとの約束よりも、はるひちゃんが大切だもの。はるひちゃんが病気でお休みしていた間、わたし、すごく、さみしかった」

わたしは、鼻の奥がつんとなった。クッキーの包みを抱きしめて、わたしは本の包みを返した。笑顔で首をふった。

「あのね、この本、わたしも、クリスマスにパパとママに買ってもらったの。だから、いいんだ。わたしこそ……わたしこそ、ごめんね」

わたしは自分の部屋にかけこんで、机の上に包装したまま置きっぱなしにしてあった本の包みをもって、玄関に走った。

「ほら」といいながら、包みをほどいたら。あれ？　なんかちがう。

「……なんだ、これ、二巻だよ」

わたしは、ママにちょっと腹をたてた。

「うちのママったら、うっかりしてるっていうか、ときどきこうなんだから。わたしはちゃんと、一巻がほしいって頼んだのに」

りかちゃんがくすくすと笑った。

わたしもつられて笑うと、心が軽くなった。

と、ひょこっとママが顔を覗かせて、「あら、お客さん」ってきくから、わたしと
りかちゃんはまた笑って、そしてわたしは、

「ママ、りかちゃんからクッキーもらったの。お紅茶いれてほしいな」

りかちゃんの手をとって、子ども部屋に向かう。

「二巻はわたしが、りかちゃんにあげる」

わたしがそういうと、りかちゃんはいった。

「あの……あのね。二冊とも、ふたりの本にしない？」

わたしが、青空さんに会ったのは、その夕方、家に帰るりかちゃんをバスターミナルまで送っていった帰りのことだった。

中央公園のベンチに、今日もあの人はいた。

わたしがこんにちはって話しかけると、青空さんは、なぜだか、ふっと笑った。

「……夢のなかの登場人物その一か」

「え？」

「ゆうべ、不思議な夢を見たんだよ」

青空さんは楽しそうに深呼吸して、そして、

「よっぱらいの一夜の夢……だったと思うんだけど、なんだか記憶がリアルで、夢のような気がしないというか。ねえ、はるひちゃん、あれは夢だよね？」

わたしはなにもこたえずに、にやっと笑った。

「ふう」と、青空さんは目をくるっとさせた。

「まあ、おもしろいほうを信じることにするさ」

冬の夕方の空は、昨日の雪が嘘のように晴れていた。

青空さんは、透き通る空を見あげて、ゆったりとした声でいった。

「世界にはきれいなものがたくさんある。それを、その美しさに気づかない人たちに教えてあげていたら、いつかみんな、世界には壊してはいけないものがたくさんあるんだって、気づかないだろうか？

ぼくなんかの絵じゃ、それは無理なことかもしれない。でもいつか……ぼくの願いがだれかの心に、種を蒔《ま》くように残っていって、世界を変える力にならないだろう

か？　遠い、遠い未来に」

わたしは、いっしょに空を見あげた。

さて。年が明けて、一月になって。

アカネヒメは、ほしかったうさぎのぬいぐるみを手に入れた。

青空さんが、おもちゃ屋さんのショーウインドウごしにぬいぐるみの絵をスケッチして、それをアカネヒメにプレゼントしてくれたの。その絵はあたたかい日の昼さがりに、わたしがアカネヒメに届けた。

アカネヒメが手をふれると、ふわふわのうさぎのぬいぐるみは、絵から実物になって、ふわんとアカネヒメに抱かれた。アカネヒメがいうには、青空さんの中の魔法のかけらと、アカネヒメの神さまの力が合わされば、それくらいのことは、軽いってことだった。

アカネヒメは、うさぎのぬいぐるみを、ダンスするみたいに抱っこしながら、ふりまわし、そして、目を輝かせて、いった。

『はるひ、はるひ、あたくしたちもさんたくろーすになりましょう。ぷれぜんとを配るように、夢を、街中の人に配りましょうよ。やればできると思いますわ』

「あ、それ楽しいかも。今年の十二月から、この街のサンタはわたしたちだ、とかいって」

アカネヒメは元気に首を横にふった。

『今年の、一月の、くりすますからです。』

旧暦のくりすますが、今月、あるじゃないですか？』

わたしは、うっとつまった。

「……クリスマスは、ふつうは旧暦じゃ、やりませんよ。おひなさまなんかは、旧暦でやる人がいるみたいですけど……」

『では、あたくしたちがはじめましょう。新しい習慣にするのです。この街では、くりすますを新暦と旧暦で、二回祝うことにする』

アカネヒメは、くるくると、うさぎといっしょに、公園で踊る。

昼さがりの公園。通りすぎる人たちは、そんなことに気づかない。

アカネヒメは、歌った。

　人の子の幸せは　くりすます
　くりすますは　くりすますだから

くりすます

なんだかでたらめな歌だった。でもわたしは、神さまがかわいくて、笑いながら見てた。

ふと、思った。世の中には、嫌なことも多いけど、サンタクロースがいるのなら、わたしはきっと、この先も生きていける。で、わたしはばかだし、たまには失敗するけれど、胸の奥に、青空さんからもらった種があるから、自分を見捨てないでいよう。青空さんみたいに、すてきな笑顔で笑える人に、いつかなれると信じていよう。

いつかわたしが、だれかに種を手渡すことがあるのかな？　それはわからないけど……。

でも、わたしはこの世界が好きで、自分が好きで、だからいいんだと思った。

小さな神さまは踊る。幸せそうに、踊る。

たそがれの約束

わたしはその日、学校から家に帰る道を、うきうきしながら急いでた。うちにパソコンがくるんだ。中古だけど、わたし専用のパソコンだよ。やったあ。空は青くて、アスファルトにはおひさまの熱がたまってる。夏休みまでは、秒読み態勢。今日は、もう短縮授業。

『なにをまた、そんなに急いでいるの？　人の子よ』

東風早町西公園《ひがしかざはや》のそばを通りかかったとき、古い桜の木の上から、澄んだ声が呼びかけてきた。

緑色の葉を茂らせた桜の木の枝から見下ろしているのは、金の冠《かんむり》をかぶり、空色とうす緑の着物を着た桜の木の神さま——アカネヒメだ。見た目は、小さな女の子なんだけどね。

アカネヒメは、金の鈴がついた杖で、わたしを指さし、かたほうの眉毛を上げて、お説教するようにいった。

『少しは落ち着きなさい。そなたは、おっちょこちょいなんですから、そのように走ると、転んでしまうに決まってます。もし顔をぶっつけて、ただでさえ低い鼻がそれ以上へっこんだらどうします？』

まったく。アカネヒメったら、相変わらず、日本語がなんとなくへんてこで、おかしいんだから。

この神さまとわたしが出会ってから、もう一年と何ヵ月かがすぎた。わたしはちょっとだけ背がのびて、大人になったのに、アカネヒメは出会ったときのまま、変わらない。神さまというものは、ゆっくりゆっくりしか大きくなれないものなんだって。それでもって、何百年も何千年も生きるんだって。わたしには想像もつかないけど。アカネヒメは、土地の守護神。この街を、もう五百年も守ってくれているんだそうだ。

へん、とわたしは、腰に手をあてていった。

「この森山はるひは、そんなにおっちょこちょいじゃありませんよう。転びそうになったら、二回転宙《ちゅう》返りして着地しちゃうもん。それに、わたしのお鼻は、チャームポイントなんだから、この高さで、じゅうぶん気に入ってるんです」

アカネヒメは、目をぱちくりした。

『二回転宙返り。それはすごいですわね。はるひ、今、ここで実演してくださいな。

はい、どうぞ、遠慮なく、その場ですっ転んで』

「……いや、急にそういわれても。じゃあえっと、今度、転んだときに」

『じゃ、約束ね』

アカネヒメは花びらみたいに木から舞いおりてきて、右の小指を、わたしの指にからめた。

『はるひはあたくしの前でいつかすっ転んで、二回転宙返りを見せてくれる、指きった』

指きりして、手をふって、笑った。

ふと、アカネヒメが悲しそうな目をして、高い空を振り返った。

青い空に、白く、飛行機雲のすじが流れていた。

『……思い出してしまいましたわ。

遠い昔の、ある方との約束のこと。その方は、あたくしとの約束を守れなかった』

アカネヒメは俯《うつむ》いた。金の冠の飾りが揺れて、風に鳴った。

一瞬だけ、その表情が、年上のお姉さんみたいに見えた。

アカネヒメはわたしの腕を摑《つか》んだ。

ぎゅっと摑んで、顔を上げて、いった。

『ね、はるひは、いきなりどこかへいったりはしないですよね？

あたくしを……あたくしをここに、ひとりきりにしないですよね？』

わたしはきょとんとしたけれど、アカネヒメの目に、うっすらと涙が浮かんでいたから、黙ってそっと抱きよせて背中をなでた。幼稚園児の弟、ヒロにしてあげるみたいに。

「大丈夫。わたしはずっと、神さまのそばにいますよ。

そう、約束したっていいですよ。ずっとあなたの友だちでいる、この街でいつまでも暮らし続けて、毎日あなたに会いにくるって」

神さまのアカネヒメと今友だちなのは、わたしだけ。不思議なものを見る目を持っていないと、神さまや精霊は見えないんだって。アカネヒメが桜の木の神さまとして生まれてから、この神さまとお話ができた人間は、数えるくらいしかいないんだって、前にわたしはアカネヒメからきいた。そうして、神さまはほかに、今、この近くには住んでいないから、アカネヒメはほんとうに、ひとりぼっちなんだって。

アカネヒメは、首を横にふった。わたしの腕を離した。

やさしい声で、ゆっくりといった。

『ありがとう。その言葉だけで、あたくしはうれしい。ほんとうに、言葉だけでも……』

「言葉だけって……わたしはほんとうに……」

アカネヒメは、黒曜石《こくようせき》みたいな黒い目でわたしを見あげた。

『はるひ……あたくしの大事なお友だちの、人の子よ。

覚えておきなさい。世の中には、守りたくても、守れない約束というものがあるのです。運命にはだれも逆らえない。

たぶんそれが……神であろうとも』

昔、アカネヒメとの約束を守れなかった人って、一体どんな人だったんだろう?

夕方。わたしがテレビの部屋で、膝《ひざ》をかかえていたら、ヒロが七夕《たなばた》の歌をうたいながら、両手におり紙をいっぱいもってきた。

「あしたようちえんでね、七夕さま、やるんだ。それでね、先生がね、おうちで好きなかざりを作って、もってきてもいいっていったの。お姉ちゃんも作ろうよ」

ヒロは、おり紙でやっこさんだとか、鶴だとかを作りはじめた。わたしもなんだか、久しぶりにおり紙を見たら、遊びたくなってきて、細く切って、チェーンを作りはじめた。こういう作業って、わりと好きなんだ。

それは遺伝だったのかもしれない、おばあちゃんがやってきて、目をきらきらさせて、

「おばあちゃんにも作らせて」

っていった。

おばあちゃんたら、すごく器用で、四角いかわいい箱とか、アサガオとかキキョウとか、どんどん作っていく。

ふと、おばあちゃんが手を止めて、やさしい眼差《まなざ》しでヒロを見た。

「そうか……あれは、わたしがちょうどヒロちゃんくらいの年のころだったのねえ。おばあちゃん、こんなふうに、このおうちのこの部屋で、七夕さまの飾りを作ったことがあったのよ」

おばあちゃんの目が、部屋の中をぐるっと見まわした。すすけた天井《てんじょう》の板や、だれかが背くらべしたあとが残る柱、ちょうど五時半の鐘《かね》を一回鳴らした柱時計を……。

そう、この家は、古い古い家で、おばあちゃんが子どものころから、ずっとこの場所にたっているんだ。

「おり紙を教えてくれたのは、いとこの毬枝《まりえ》ちゃんだった。ずっと年上のお姉ちゃんだったんだけど、ひとりっ子だったせいか、わたしのことを妹みたいにかわいがって

くれていてねえ。

あれから、もう長いことたったのね。わたしももう、この年だもの。毬枝ちゃんも生きていたら、おばあさんだったのね。信じられないけど、見てみたかったなあ」

「……生きていたら、って？」

「五十七年前の戦争のとき……あと少しで平和になるという八月に、この風早の街をおそったあの空襲《くうしゅう》で、西風早町にあった毬枝ちゃんの家は焼けて……毬枝ちゃんは、家族といっしょに、死んでしまったの」

わたしは手に持っていたおりかけの鶴を、思わずくしゃっと握ってた。

昔むかしの昭和の時代の戦争で、この街が港を中心に焼かれたってことは知ってる。街の西半分が、ほとんど燃えつきてしまったんだって。東半分は、それよりはましな燃えかたをしたから、このおばあちゃんの家みたいに、戦前から残っている家もあるんだけど……。

風早の街の西側、とくに西風早町なんかにいくと、戦後焼け野が原になっちゃった土地に、新しく建物を建てたせいか、道路が真っ直ぐで、つみきでこしらえた町みたいにきっちりしていて、都会風だ。でも、戦争で焼ける前までは、あそこには古い住宅地と、白鷺《しらさぎ》の神さまをまつった神社と、大きな森があったんだって。

今も、西風早町には、ビルの間に昔のなごりのいしぶみがあったり、お地蔵さんが立ってたりする。亡くなったたくさんの人たちの供養《くよう》のために……。

おばあちゃんは、鶴をおる。体をかがめて、祈るように静かにおり続ける。

ついに、わたしのパソコンがやってきた。そのときには、夜も八時をすぎていて、ヒロはもう眠っていた。

宅配便の人が届けてくれた箱を、わたしが、ママとおばあちゃんと三人で、わくわくしながらあけようとしていたら、ちょうど家に帰ってきたパパが、いきなり割って入ってきた。

「待った。パパが設定していってあげるから」

コンピュータ関係の会社に勤めているパパは、今仕事が忙しくて、五日に一回くらいしか家に帰ってこない。お風呂に入って着がえを持っていくために帰ってくるみたいなものなので、たまに会うといつも、疲れはてて、汗くさくて、よれよれになってる。でも、それでもパパは、やっぱりパソコンが大好きなので、目を輝かせて、セッティングを始めた。

わたしの部屋には、こないだママが板とれんがで作ってくれた和室用のパソコンデスクがある。そこにパパはパソコンを置いて、いろんなコードをつなぎ、電源を入れた。ピッという音がしてパソコンが起動して、画面が明るくなった。じゃじゃん、と音楽が鳴る。

やったやった、と、みんなでよろこんでいると、寝ぼけ眼《まなこ》のヒロまでが起きだしてきて、

「どうしたの」

っていった。

わたしは、パパの肩に抱きついた。

「ね、パパ、これでもうインターネットしたり、メール送ったりできるようになったの？」

「ネットは、もうできるけどね。メールは、今から設定するから……よし、できた。はるひのメールアドレスは、前にきいてた通り、haruhi@kazahaya.ne.jp でよかったんだよね？」

「うん」

「今の仕事がおわったら、一度きちんとネットのことを教えてあげるから、まだ無茶なことはしたらだめだよ。こないだ一度教えただろう。たとえば、怪しげなサイトに

はいかない。知らない人からきたメールは、いきなりひらいたりしない。などなど。

約束できるね？」

わたしは、パパと指きりをした。

その夜、わたしは遅くまで、インターネットをして遊んだ。いろんなホームページで、きれいな絵を見たり、音楽を楽しんだり、おもしろい文章を読んだりした。

夢をみた。ネットで見たきれいな絵や、きいた音楽のせいだったのかしら？　大きな白い鳥が、星がふる空を、ゆっくりと羽《は》ばたいていた。どこからか、きれいな笛の音がきこえた。

次の日わたしは学校から帰ってきて、すぐにパソコンの前に座った。当然、お昼なんか食べてる暇はない。最初は呆《あ》きれてたママも、

「まあ、ネットにはまり始めのころはそんなもんよね」

といって、サンドイッチを作ってきてくれた。ママはママで、忙しい事情がある。児童文学作家志望のママは、今、コンテストにだすための子ども向けのSF小説を書いていて、その〆《しめ》切りが近いんだ。

時間を忘れているうちに――。

ふと目を上げたら、窓の外が、見たこともないようなぶどう色に染《そ》まってた。いつの間にか、夕方になっていたんだ。それにしても、今まで見たことがないような、不思議な色の空だった。魔法っぽい色っていうのかな。忘れられないような、悲しくなるような色。

メールが二通きた。一通は、昨日、友だちのりかちゃんにだしたメールのお返事だ。もう一通は……。件名は、『テスト』？

「これって……森山はるひから、森山はるひにメールがきてる。メールアドレスも同じだ」

自分のアドレスに、自分でメールを送ると、そんなふうになる。実際わたしはゆうべ、自分のアドレスにメールを送って、受信と送信のテストを何回かしたけど……そのときに受信しそこねてたのが、まだあったのかな？

わたしは、メールをひらいてみた。

『森山はるひくんへ。ついに自分のパソコンを買えてよかったね。中古でも高かったけど、おこづかいを毎月こつこつためて、買ったんだから、ぼくもまあ、えらかったよな。とかなんとか、自分で自分をほめてみたりして』

わたしは首をひねった。こんなメール、わたしは書いてないし、てことは当然、だしてもいない。だいたいうちのパソコンは、もらいものだから、わたしはお金をつかってないし、そもそも、わたしは自分のことを、「ぼく」とはいわない。

ふと思いついて、メールをだしてみた。自分のアドレスあてに。件名は「テストです」。

「森山はるひさんへ。ついに自分のパソコンが手に入ってよかったね。パパのお友だちから、ただでもらえたなんてラッキー☆

わたしはこれから華麗な電脳少女になるのよ。世界中に友だちを作るんだから」

送信。少し待ってから、メールチェックをしてみた。自分宛にメールをだしたんだから、ふつうなら、今わたしが書いたメールが、そのまま受信できるはずだった。

――でも。パソコンは、メールを受信しなかった。

「どういうこと？」

わたしが今書いたメールは、どこかに届いたんだ。だから、わたしのパソコンが受信しないってことなんだもの……。でも、それなら、あのメールは、どこにいったっていうの？

わたしは、しばらく画面を見つめ続けた。

メールチェックをくり返して、何回目のときだったろう？

パソコンに、メールがとどいた。

件名は、『Re：テストです』。「Re：」っていうのは、今わたしが書いた「テストです」への返信って意味だ。

『このメールをだした、君はだれ？　どうしてぼくとおなじ名前で、おなじアドレスなの？』

わたしは、せいいっぱいの速さで、メールを打って送信した。

「あなたこそ、だれなの？　どうして、わたしとおなじ名前で、おなじメルアドなの？」

あっというまに、返信がきた。

『ぼくが、森山はるひなんだよ。君はだれなの？　これって、なにかのいたずら？』

……なんだか、わたしよりキーボードを打つ速度が速いらしい。気にいらないなあ。

「そっちこそ、いたずらなんじゃないの？　森山はるひはわたしの名前よ」

『ぼくの名前だってば。西風早小学校、5年3組32番、森山はるひ、なんだから』

ううう。やっぱりむこうが速い。

でも……西風早小学校？

「わたしは、東風早小学校、5年3組31番の、森山はるひよ」

打って送信してから、しまった、とおでこをたたいた。

ネットで知りあった人には、個人情報（住所とか電話番号とか学校の名前とかのことね）を、絶対に教えちゃだめって、パパからきつくいわれてたのを忘れてた。

ああ、パパに知れたら、怒られちゃうよう。

『東風早小？　それに君は、女の子？』

「そうよ。そっちは、男の子？」

『うん。そうだよ。だけど、へんだなあ。ていうか、おもしろいね。名前もメルアドも、学年もおなじなんだ。ぼくたちは。

でも、おなじメールアドレスで、こんなふうに、他人どうしがメールのやりとりなんて、できることだったのかなあ？』

たしかに、なにかへんなんだ。前にパパから、「その人のメルアドは、世界に一つしかない。だから、おなじアドレスを他人がつかうってことはないんだよ」ってきいたことがあるような気がするんだけど。

わたしは、メールを打った。

「わたし、パパにきいてみるわ。うちのパパ、パソコンの会社につとめてるの」

『へえ。かっこいいね。うちは、両親がどっちも、学校の先生だよ。でね、おばあちゃんがいて、ぼくとは、すごくなかよしなんだ。ぼくの名前つけたの、おばあちゃんなんだ』

「え？　うちもだよ。おばあちゃんがつけたの。子どものころすきだった本の主人公の名前なんだって話してくれた。あ、ほんとうは男の子の名前だったっていってたかな？　そういえば」

はるひ、って名前の子がでてくる、おもしろい少女小説があったんだって、おばあちゃんはいってた。きっと、同じ本を、はるひくんのおばあちゃんも昔読んでたんだろうな。

ずうっとメールでやりとりしているうちに、部屋が暗くなってきた。夜になったんだ。

と、やつれた感じのママが、髪をふりみだして、慌《あわ》てたように、部屋にとび込んできた。

「ああ、もうこんな時間。はるひ、お肉屋さんにいって、コロッケ買ってきてちょうだい。あと、コンビニでカップみそ汁。今夜もパパは帰れないみたいだから、四人分でいいから」

「はあい」

わたしは、はるひくんに、

「またね」

と、メールをだした。ママのお財布を握《にぎ》りしめて、夜の街にとびだすと、胸がふわふわした。

不思議な男の子と、友だちになっちゃった。パソコンが家にきて、よかったなあ。


次の日の学校帰り。わたしは走って家に帰ろうとした。

早く、はるひくんとメールのやりとりをしたかったんだもん。それでも、いつも通り寄り道して、東風早町西公園のそばを通りすぎたとき、ふと、風にのって、細い声がした。

アカネヒメが、ラララって、うたってる。きいたことがあるメロディだと思った。

そのとき、目の前を白い鳥が羽ばたいていったような気がして、わたしは瞬《まばた》きした。

――鳥なんか、どこにもいない。

『……ああ、はるひ』

アカネヒメが、木の上からこっちを見おろした。笑顔だったのに、ふいに、そのほっぺたに涙がひとすじ流れた。

アカネヒメの涙は、赤い。まるで心が流す血みたいに赤い。

長い長い間、アカネヒメはこの街で、人間が傷ついたり苦しんだりするのを見て泣いていたんだって。ああ、もちろんおなじ長い間、人間が幸せなようすも見てきたんだけど……でも、アカネヒメは、人間を幸せにするために手をかしたくても、なにもできなかったんだ。

生まれてまだ五百年の、子どもの神さまだから。神さまの魂のかたちができあがっていないから、よりしろの桜の木を離れて、遠くにいくことができないんだって。だから、人や生き物の傷を治したり、病気を治したりする力があっても、今まで、ほとんどその力をつかうことができなかった。わたしに会うまでは。

それまでは、なにもできずに泣くだけだったアカネヒメだけれど、今は、わたしをよりしろにして、どこにでもいけるようになった。だから今は、もう幸せなはずで――。

「神さま、どどど、どうしたんですか？」

わたしが木の下にかけよると、アカネヒメは、長い袖《そで》をなびかせて木からおりてきた。わたしにくっついて、しくしくと泣いた。桜の葉っぱが、風に吹かれてざざざと鳴った。

『……カゼヒコさまに、会いたい』

『……昔、西風早の地に、若い神がいたのです。西風早に、広々とあった森に住んでいる、白い鷺をよりしろにした神、トオノカゼヒコさまが』

空気は熱い。たまに、風が通りすぎて、公園の木々の葉を揺らす。わたしとアカネヒメは、古い桜の木の下で、木漏れ日を浴びながら、ふたりきりでいた。静かだった。アカネヒメは、すうっと手を上のほうに上げて、少しだけほほえんだ。だれかの姿が、そこに見えるというように。

『カゼヒコさまは、これくらいの背丈で、白い着物をきた、それは美しい少年の姿をしてらっしゃいましたわ。やさしくて、きれいな声をしていて、話しずきで、笛がとてもお上手でした。

あの方はあたくしよりも、二百歳ほど年上でしたし、よりしろが鳥でしたので、鎮《ちん》守《じゅ》の森を離れて、よく遠くの空へと遊びにいかれていました。そうして、ここへもよく、きてくださっていたんですの。

あたくしは、長いこと、夜が嫌いでした。だって夜には、街の人びとがみんな眠ってしまって……だれの声もしなくなるのですもの。

でも、あるとき、ある月の夜に、カゼヒコさまが訪《たず》ねてきてくださってからというもの、あたくしは夜が少しだけ、好きになりました。あの方は、夜にここを訪れたからです。あの方は夜明けまで遠い街のお話をしてくださり、笛を吹いてくださいました』

わたしは、そっと訊ねた。

「神さまは――アカネヒメさまは、そのカゼヒコさまのいるところに、遊びにいくことはできなかったんですね？」

『ええ、あたくしは、ひとりでは動けませんでしたもの。でも、ほんの数百年の後には、大人の神になって、そしたらよりしろの木を離れて、自由にどこへでもいけるようになるとわかっていましたから……だから、約束したのです。あの方と。月の夜に。いつかあたくしが、自由に空を飛べるようになったら、いろんなものを見にいきましょうね、って。カゼヒコさまが見てきた、遠くの街や近くの街の、不思議だったり美しかったりする風景を、みんなみんな、見せてくださいね、って。

あの方は、きっとそうしよう、連れていきましょうって、いってくださった。そうして、指きりをしてくださったんです』

「それが……あの、守れなかった約束？」

アカネヒメは、頷《うなず》く。

『守れなかったのではなく、守ることが、できなかったんです。あの方は、あの風早の空襲のとき、亡くなってしまわれたのです』

「え」

『西風早にあった七つの街は、西風早町を中心に、ほとんどが燃えつきました。鎮守の森も、です。カゼヒコさまは、燃える街を救おうと、できるだけのことをなさいました。炎を消すための風を起こし、雨を降らそうとなさいました。……でもそれは、若い神の身にはあまることでしたので……』

アカネヒメは、顔を覆って泣いた。

『カゼヒコさまは、力尽きて、死んでしまわれました。街を燃やす炎の中に、白い鷺が落ちていったそうです……。あたくしはそれを、見ていたカラスからききました。

そうしてあたくしは、カゼヒコさまには、二度と会えなくなりました。でも、月の夜になるたびに、あたくしはあの方がこないかと、空を見上げてしまいます。もういないということが……気配でわかっているのに。

あたくしは、また、夜が嫌いになりました。

ねえ、はるひ。あたくしは神ですから、永遠に近い時間を、これからも生きていかなくてはなりません。これからもずっと……二度と会えない人のことを思って生きるくらいなら、いっそ、あのとき死んだのがあたくしのほうだったならよかったって、あたくしは……』

アカネヒメは、肩を揺らして泣き続ける。わたしは、その肩をぎゅっと抱きしめた。花みたいに羽みたいに軽くて小さかった。

「悲しいこと、いわないでくださいよう。

神さま、ね、アカネヒメさま。もしあなたがいなかったら、わたしが、悲しみますよう。泣いちゃいますよう。だから泣かないで……」

アカネヒメは、何度も頷いてた。でも、ずっとずっと泣きやまなかった。いつまでも――。

わたしにはわかってた。そのカゼヒコさまという神さまは、アカネヒメにとって、とっても大切なひとだったんだな、って。そのひとに会うまで、長いあいだずっとひとりきりで、別れた後はまた、ひとりきりになってしまったアカネヒメにとって、カゼヒコさまと会っていた時間は、大切な時間だったんだろうな、って。

わたしもなんだか泣けてきて、涙ぐんだまま、空を見上げた。

空は平和に青かった。

ふと、思った。今の日本は、たぶん平和なんだと思う。戦時中とちがって、みんなが楽しく暮らしてゆける、平和な国になったんだと思う。

でも、今が平和になったからって、五十七年前に死んだ人たちが、ここに帰ってくるってことはないんだ。おばあちゃんのいとこの毬枝さんや、アカネヒメのお友だちのカゼヒコさまは、二度とこの世界には帰ってこられないんだ。失われた命は、とりかえしがつくってものじゃないんだ。日本が——世界が平和になったって。

家に帰って、パソコンを立ちあげて、わたしははるひくんに、メールを書いた。

ひとこと、「ただいま」って。

はるひくん、もう家に帰ってるかなあ？　そう思うと、どきどきした。顔も声も知らない、出会ったばかりの男の子なのに、ずっと前から知ってる子のような気がした。

少しして、メールチェックしたら、わあい。はるひくんからのメールが入ってた。

『今度会わない？』って、件名だった。

わたしはまた、どきどきっとした。

『せっかく近所に住んでるみたいなんだし、一度会って話そうよ。

西風早町17の1の6に住んでいます。鎮守の森の近くだよ。いちおう、ぼくの写真送るね。白鷺神社でとったんだ。白鷺祭りのときの写真』

白鷺祭り？　わたしは首をひねった。そんなお祭り、風早にあったっけ？

添付ファイルがついてる。これだ。

わたしはファイルをひらいた。

浴衣《ゆかた》をきた男の子たちが、子ども用のおみこしをかついでる。歴史のありそうな、古びた神社の前。その中のひとりに、会ったこともないのになんだか知ってるような子がいる。

『右から2番目が、ぼくだよ』

ふわっとした茶色い髪が、なんとなくわたしに似てた。鼻が低いとこも。

名前が同じだと、顔も似るんだろうか？

でも、はるひくんは、わたしよりも色が白かった。そのせいか、なんとなく上品な感じだった。うしろの髪をちょっと長くして、ねずみのしっぽみたいにくくってるあたりは趣味がどうかな、と、思ったけど。

『はるひさんは、どんな顔してるの？』

わたしも写真を送りたかった。でも――前に、パパに、「子どもは自分が写った写真を、メールで送ったりしちゃだめだよ」っていわれてたから、諦めた。

あ、そういえば、パパは、こないだ、「もし、メール友だちができたとしても、すぐに会いにいったりしてはいけないよ。必ず、パパかママかおばあちゃんといっしょに、会いにいくことにしなさい」ともいってたんだよねえ。

わたしは考えこみながら、メールを打った。

「はるひくん。わたしはあなたと似てると思う。住んでいるところは、東風早町の並木通りの近く。わたしもあなたと会いたいと思うんだけど、会うときは、おばあちゃんといっしょでもいいかな？」

今うちにいる大人の人で、時間があるのはおばあちゃんしかいない。もしはるひくんに会いにいくとしたら、おばあちゃんに、いっしょにきてってたのまなきゃ。

すぐに、返信がきた。

『うちも、今おばあちゃんに話したら、おばあちゃんがいっしょにいくってさ。あぶないからだって』

「子どもどうしでメル友がいきなり会うのって、よくないことなんだね。でも、どうしてなんだろう？」

『外国で、悪いおとなが子どもになりすまして、子どもとメル友になって、それで、会おうっていってよびだして、待ちあわせの場所にきたその子を、ゆうかいしちゃった事件があったんだって』

「うひゃあ。こわい事件」

『〝インターネットって、べんりで、ばらいろの未来って感じだけど、現実世界といっしょで、こわい人や悪い人もいるからちゃんと気をつけなさい〟って、こないだ読んだ本に書いてあったよ。ファンタジーの本なんだけど、ネットのこともちょこっとでてきてて』

「あ、その文知ってる。わたしも、おなじ本読んでるかも。おもしろかったよね。はるひくんも、本すきなの？」

『うん。はるひさんも？』

「わたしも。ね、今週からアニメになった……」

『あ、あの本？　魔女とかでてくる？　いいよね』

どうしてこんなに、話が合うんだろう？

わたしとはるひくんは、何度もメールを送って、受信した。それをくり返した。

あっという間に、夕方になった。

「はるひちゃん」

と、いつの間にかそばにいたおばあちゃんが、声をかけてきた。

「ママがね、あんたにトンカツ買ってきてほしいっていうんだけど、どう?」

わたしは、ちょっと迷った。もっと、はるひくんとメールのやりとりしていたい。

でも……おなかが、ぐうっと鳴った。

「じゃあ、またあとでね。はるひくん」

わたしは、バイバイのメールを送った。

おばあちゃんが、画面に顔をよせた。

「あら……これは?　白鷺祭り?」

はるひくんからもらった写真が、画面にひらいたままになってたんだけど、それを
おばあちゃんは、じいっと見つめてた。

「……これは、はるひちゃん、どこのお祭りなの?」

「どこって、西風早町の……白鷺祭りじゃないかなあ?」

「ええ、そうよ。白鷺祭りは、西風早町の神、白鷺の神さまをまつる祭りなの。たしかにこのおみこしは、西風早町のおみこしよ。着物もそう。小さいころのおばあちゃんが、覚えてるとおり。でも……でも、こんなことって」

おばあちゃんは、胸もとをおさえた。

「はるひちゃん。あの戦争のとき、鎮守の森と白鷺神社が焼けてからは、西風早町では、お祭りをやめてしまったの。神さまが……死んでしまったって、神主さんがいったからよ」

「え？　でも、この写真は……」

「……白鷺神社の写真よ。どうして？　なぜこの写真は、カラー写真なの？　今の時代に、あの神社がこの街にあるはずがないのよ」


夜、晩ご飯が終わって、ママの代わりにヒロとふたりでお皿の後片付けをしたあと、わたしは、はるひくんにメールを書いた。

白鷺神社のことについて、おばあちゃんからきいたことを。

まるで、パソコンの前で待っていたみたいに、すぐに、はるひくんから、メールの返信がきた。

『うちのおばあちゃんも、へんだっていったんだ。はるひさんは、並木通りの近くに住んでるっていったでしょ？　東風早町に、今、並木通りがあるはずがないって、おばあちゃんはいうんだ。戦争のとき、焼け野が原になって、そのあとはビルがたってるはずだって。

おばあちゃんはいったよ。並木通りの近くに、昔、仲の良いいとこの家があったんだって。東風早町が空襲で焼けたあの日に、その家は焼けて、小さかったいとこは家族といっしょに死んじゃったって』

わたしは、はるひくんからのメールを見つめた。さっき、おばあちゃんからきいた話とまるで逆だ。おばあちゃんはいったんだ。

「白鷺神社の近くに、大好きないとこの家があったのよ。あのあたりの住宅地の家は、鎮守の森といっしょに、みんな焼けてしまったの」

ふう、とわたしは、ためいきをついた。

「はるひくん。一度、ほんとうに会って話そうか」

『うん。明日はどうかな?』

「明日はそろばん塾の日なの。塾が終わるころ——夜の7時くらいに、駅前商店街あたりにいるけど、待ちあわせする?」

そのころに、おばあちゃんに待ちあわせ場所にきてもらえばいいだろう。

『じゃあ、大通りのアーケードのいり口の、からくり時計があるところで会おう。それでいいよね?』

次の日、そろばん塾が終わったあと、わたしは待ち合わせの場所にいった。おばあちゃんが先にきていて、時計の下で手を上げて、わたしを呼んだ。なんだか緊張した顔をしていた。

おばあちゃんはいってた。はるひくんの家があるっていう番地。それは、亡くなったいとこの住んでた番地と同じなんだって。

「そんなことがあるわけないのよ。だって、あの家があった場所は、今はビル街の真ん中になっていて……中庭に、小さな慰霊碑《いれいひ》があって……ちょうど、その場所なのよ」

わたしは手をぎゅっと握った。

夏の七時は、まだ夕ぐれ時だ。少しずつ日が暮れてゆく。熱い空気のなかに、ときどき、商店街のお店の冷房の風が吹きすぎる。

商店街のいり口についているからくり時計の扉があいた。妖精たちの人形がでてきて、音楽を演奏しはじめた。このワルツが終わった後、妖精は鐘を鳴らし、また扉の向こうに帰っていくんだ。そのとき——通りの向こうから、手をふって走ってくる男の子がいた。

胸が、どきんとした。はるひくんだ。あの写真の男の子が、走ってくる。着物をきた上品なおばあさんの手を引いて。あれがはるひくんのおばあちゃん？

そのときだった。うちのおばあちゃんが、目を見ひらいた。泳ぐように前にでる。

「……毬枝ちゃん？」

その声をきいた、はるひくんのおばあちゃんもまた、じっとおばあちゃんを見つめた。信じられない、というように、囁《ささや》いた。

「琴子《ことこ》ちゃん……？」

それは、うちのおばあちゃんの名前だった。

おばあちゃんどうしは、ただ見つめ合ってる。

あたりは、急に黄昏《たそがれ》てきた。空は不思議な青紫色に染まってゆく。このあいだ、部屋の窓から見たのと同じ、きれいすぎる色。わたしはふと、「黄昏は逢う魔の時間」という言葉を思いだした。昼とも夕ぐれともつかない時間に、人は魔法に出会うんだって。

はるひくんが、いった。高い、きれいな声で。

「逢う魔の時間……魔法の時間だ」

わたしたちは、顔を見合わせた。はるひくんの目は、わたしの目と似ていて、でももっとやさしくて、もっときれいに澄んでいた。

と、おばあちゃんたちふたりが、見つめあいながら、同時にいった。

「――生きていたの？」

いつのまにか、妖精の奏《かな》でる、長いワルツが終わってた。妖精は、鐘を鳴らす。ひとつ、ふたつ、みっつ……七つ、鐘を鳴らしたとき。

たしかにすぐそばまで近づいていたはずの、はるひくんとおばあちゃんのすがたが、見えなくなった。すうっと消えていったんだ。

どこかにいってしまったかと思って、わたしは名前を呼びながら探したけど、はるひくんもおばあちゃんも、どこにもいなかった。

おばあちゃんに連れられて、わたしはビル街のあいだの慰霊碑を見にいった。はるひくんの家があるはずの番地には、家なんてなかった。

中庭をとり囲むビルには、光がたくさん灯《とも》ってる。まだ大人たちは、働いてる時間だ。

「毬枝ちゃんが生きてたころは、こんな明るい夜なんて、なかったわ」

おばあちゃんが、ビルを見上げていった。

「見せてあげたいって思ってた。だから、あんな幻《まぼろし》を見たのかしら。おばあさんになった毬枝ちゃんの姿。かわいい孫までいっしょにいて」

「……幻？」

「でなきゃ、幽霊《ゆうれい》かなあ」

おばあちゃんは、さびしそうに笑った。

わたしは胸がずきっとした。

幽霊？　はるひくんも、幽霊なの？　だから、あんなふうに、消えちゃったの？

でも……わたしは思った。幽霊とはちがう。ちがうよ。だって、幽霊はたぶんだけど、メールだしたりしないと思うもん。

夏の夜の風が吹く。都会の夜景は、きれいすぎるくらいにきれいだった。

ママに頼まれていたデパートのお弁当を買って、わたしとおばあちゃんは家に帰った。わたしの心は、なんだかすっきりしなくて、もやもやしてて、なぞをときたくて、それにははるひくんにメールをだすのがいちばんだと思うから、お弁当を無言で急いで食べた。

ママが、割り箸を噛《か》んで、ふと、こっちを見た。

「……はるひ、パラレル・ワールドって言葉知ってる？」

「ぱられるわーるど？」

「並行世界、ともいうんだけどね。ＳＦのなかの用語でね。異次元《いじげん》世界のことなのよ。わたしたちが生きている世界と、似ているんだけど微妙にちがう世界が、あちこち重なり合って宇宙には存在している――そういう考えかた」

「うーん、よくわかんない……」

「たとえばね。……ええっと、そうだ。ママ、子どものころ、プールで溺《おぼ》れかけたことがあるんだけどね。あのとき助かったから、ママは大きくなって、大人になることができて、パパと結婚して、あんたとヒロが生まれたわけでしょ？

　でも、もしあそこで、ママが死んでいたとしたら――そういう世界があるとしたら、その世界には、今、はるひとヒロはいない。だって、ママがいないんだからね。そういう世界も、どこかにはある。それが、パラレル・ワールドというものの、考えかた」

　黙って話をきいていたヒロが、いきなり泣きだした。口からごはんつぶがこぼれる。

「うわーん、いやだあ。ママが死ぬなんて」

　ママはうひゃあといって、ごはんつぶを拾いながら、笑顔でわたしにいった。

「今ママが書いてるの、ずばり、このパラレル・ワールドの話なのよ。おもしろい？ね、おもしろいわよね？」

「……おもしろいと、思う」

ママがうれしそうに頷く顔を見ながら、ふと、わたしは考え込んだ。

パラレル・ワールド。

少しだけ、この世界とちがう世界。

もし、あの五十七年前の空襲のとき、風早の街の、西半分じゃなく、東半分が焼けた世界があったとしたら？

その世界には、おばあちゃんはいない。空襲で死んじゃうからだ。てことは、その世界には、おばあちゃんの娘の、ママも、孫のわたしとヒロもいないってことで……。

でも、その世界では、西風早町は空襲にあわずにすんでいる。おばあちゃんのいとこだった毬枝さんは成長して結婚して……子どもが生まれ、やがて孫ができて。それが、あの、はるひくんなんだ。

わたしたちの、〝はるひ〟という名前。

おばあちゃんたちは、昔好きだった本の主人公の名前を、孫につけたんだ。きっと、死んじゃったいとこのことを思いながら。ふたりがいっしょに読んでいた本だったのかもしれない。思い出の、本――。

「ねえママ、パラレル・ワールドどうしの……ちがう世界の人とは、会うことってできるの？」

ママは、ぐっと身を乗りだしてきた。

「会えるかもしれないっていわれてるけど、むずかしいことらしいわよ。だって、世界と世界は、混じり合っちゃいけないってことになってるんですもの。ふたつの世界が、おなじ時空で同時に存在することはできないんだって。そんなことになったら、時空が世界の重みにたえられなくなって、どかーんと爆発しちゃうらしいのよ」

「爆発……」

わたしは息をのんだ。

そうか。わたしたちは――わたしとはるひくんは、いっしょにはいられないんだ。ちがう世界の人だから。だから。

すうっと心が寒くなった。

会えないのかな、わたしたちは。

部屋に帰って、パソコンを立ちあげた。

はるひくんからメールがきてた。

『はるひさんのことを、父さん母さんに話したら、「それは並行世界の女の子なんじゃないかな」っていったよ。ふたりとも、SFとかアニメとか大好きなオタクなんだから。でも、ぼくもそう思う。

あのさ。君は、東風早町が無事だった世界の子なんだね』

メールを読んでいたら、なぜか泣けてきた。

同じことを考えてる。わたしたち、こんなに気が合うのに、どうして会えないの？

『これはないしょだけど、はるひさんだけには話すね。

ぼくには、ふしぎなものが見えるんだ。幽霊とか、いろいろね。それでね、なんと、神さまの友だちがいるんだ。

鎮守の森の白鷺の神、トオノカゼヒコっていうんだよ』

次の日は日曜日。七月七日の七夕だった。

でも、空は曇り空。嵐が近いみたいに、ときおり強い風が吹いて、雨もぱらつく。

わたしは、朝起きてすぐ、ごはんを食べるのもそこそこに、東風早町西公園に自転車で走った。けとばすように自転車をおりて、桜の木に走った。あんまり急いでたんで、木の下でつまずいたら、枝の上のアカネヒメは、一昨日泣いてたのが嘘みたいに、明るい笑顔でいった。

『まあ、はるひ。ついに、二回転宙返りを見せてくれますか？』

わたしは見あげて、息をきらしていった。

「トオノ……カゼヒコさまと、お話しできるかもしれませんよ」


わたしはアカネヒメを連れて、家に戻った。わたしの部屋のパソコンの前に、ふたり並んで座った。電源を入れたままのパソコンの画面では、スクリーンセーバーが、まわる万華鏡をうつしてる。

アカネヒメが、画面を覗《のぞ》き込んだ。

『きれいな箱ですわねえ。光が、きらきらしてる。……で、さっき、そなたがいったのは、どういうことですの？ なんだか、あたくしにはぜんぜんまったくまるっきり』

わたしは神さまのそばで正座して、深呼吸した。さっきの打ち合わせの通りだと、はるひくんもきっと今、この時間に、そのカゼヒコさまという神さまを、自分ちのパソコンのそばに連れてきてるはずだ。

カゼヒコさまという神さまは、自分の世界のアカネヒメが空襲で死んだことを悲しんでたと、はるひくんはいった。どうしてあの小さな神さまを、助けてあげられなかったんだろうって苦しそうにいったって。そう、あちらの世界では、空襲から街を守るために死んだのは、アカネヒメだったんだ。

神さまたちがかわいそうだとわたしたちは、思った。ふたりを会わせることはできなくても、せめて、わたしとはるひくんがあいだに立って、メールでやりとりさせてあげたいなって、わたしたちは話し合ったんだ。

わたしは、膝を握りしめた。この五百歳の神さまに、パラレル・ワールド理論を、どうやって説明すればいいんだろう?

「あのね、神さま。この箱の向こうに、西風早町が戦争で燃えなかった世界があるんです。その代わりそこでは東風早町が焼けていて――つまり、その世界には、わたしやアカネヒメさまは、いないんです」

アカネヒメは、瞬きしながら、しばらく何事か考えてた。そして、ふわりと振り返ると、パソコンを見つめて呟《つぶや》いた。

『……この向こうに、だれかいる。神の、気配がある。これは……カゼヒコさま? そんなはずはないわ。でも……だけど、間違いない。このなかに、あの方がいる』

窓の外では、風が強くなった。雨がさあっと降りはじめ、いなずまが光る。雷が鳴った。

アカネヒメは、かたほうのてのひらを、パソコンの画面にふわりとかざした。眩《まぶ》しそうに目を細めて、いった。

『この中に入ってみたく思いますが、どうも……人の子が作りだしたものには、うまくいうことをきかせることができないようです。

……ええい、でも、ここは無理矢理でも入ってしまいましょう。

はるひ、手を貸してちょうだいな』

アカネヒメは、いきなりわたしの手をつかんで、引っ張った。

呪文をとなえる。

人の子の生みし
からくりの精霊よ
なんじのあるじ
人の子はるひのねがいにこたえ
なんじが支配する

世界への道をあけよ

『はい、はるひ。そなたも願うのです。

この箱の中に入りたいと、いうのです』

そんなことできるのかな、と一瞬思ったけど、アカネヒメの黒い瞳《ひとみ》は、画面の光の粒子をうつして、きらきら光ってこっちを見つめてて、ききかえすなんて余裕もなく――。

わたしは、パソコンに頼んでみた。

「あの……。あなたの中に入りたいの。入れてください」

雷が、鳴った。窓の外で光が走った。

気がつくと、わたしは、虹色の水のような、ゼリーのようなものを通り抜けてた。どこか遠くへと運ばれていく。アカネヒメが、きゅっと口を結んで、どこかを目指してるんだ。わたしの手をつかんで、宙を飛んでいる。

そこはとほうもなく広い世界だった。宇宙空間みたいに、上も下もないんだ。オーロラを濃くしたような光が、ゆらゆらしてて、そこにときどき、数字が行列になって流れる。数字？　0と1しかない。01010111111とか、11111なんていうふうに、リボンみたいな行列が、遠く近くに見える。そして、英語や中国語や、たまに日本語も、一瞬の光のようにあちこちにうつり、消えてゆく。昔の名画がぱっと逆さまに見えたり、かわいい子猫の写真が何枚もどこからともなく流れてきて、消えていったりした。音楽がきこえる。いろんな音楽。何語かわからないけど、たくさんのだれかの話し声も。波の音のように、遠く近くでざわめいてる。

「これが——パソコンの中の世界？」

インターネットの世界、なのか。そこはきれいで、はかなく見えて、かたまってなくて、動いていて、わくわくしてしまう世界だった。

少し怖かったけど、でも、薄桃色に光り輝くアカネヒメがそばにいて、わたしの手を取ってくれてるから——ていうか、引っ張ってくれてるから、大丈夫で安心だった。

と——遠くから、流れ星のようなものが近づいてきた。銀色がかった光。それは、近づくうちに、白い鳥の姿になった。

アカネヒメが、叫んだ。

『カゼヒコさま』

目の前で、白い鳥が、人の姿になった。カゼヒコさまというう神さまであろうひとと、そのひとに手を取られた、はるひくんと。

トオノカゼヒコという神さまは、白と銀の羽の模様の着物を身にまとってた。澄んだ緑色の目をしてて、やさしいほほえみを浮かべてた。長い白い指をして、腰帯に笛をさしてた。

アカネヒメは、カゼヒコさまを見あげて、くちびるをふるわせた。そして、長い衣をなびかせて、そのひとに抱きついた。

『会いたかったのです。とっても。あなたに』

アカネヒメは、泣いた。泣き続けた。

カゼヒコさまが、そっとその背中をなでた。風が草をゆらすようなやさしい声で、いった。

『……わたしもですよ』

わたしははるひくんの、明るい茶色の目を、やっと間近で見た。はるひくんもうれしそうに、でもてれくさそうに笑いながら、わたしのそばにきて、いった。

「やっと、会えたね。はるひさん」

「うん。会えたね」

わたしもちょっとてれて、そういった。はるひくんの声で、名前を呼んでもらえたことが、うれしかった。

カゼヒコさまがいった。虹色の空を見て。

『美しい世界ですね。人の心の、希望や、憧れや夢が、たくさん詰まっている。生まれたばかりで、力に満ちていて、荒々しいけれど、でも、無限の可能性を持っている。神々には作れない世界でしょう。短い命で、せいいっぱいに明日を作りだそうとする人の子の願いが、生みだした世界なのでしょうね。

この世界を通って、人と人とが言葉をかわし、思いを伝えあっています。場所をこえ、時をこえて。これは人の子が生みだした、新しい魔法の力なのですね。人と人とが、この世界を通じて手を取り合うとき、二度と、争いのない世界がくるのかもしれません。遠い昔から多くの人びとが願った夢が叶う日がくるのかも……』

「でも」と、わたしはつい、いってしまった。

「人間は変わらないと……思います」

わたしだってほんとうは、やさしい神さまの言葉に頷いていたいよ。夢見ていたいよ。だけど……。

カゼヒコさまの手は、アカネヒメの背中をなで続けてる。アカネヒメはずっと泣いてる。わたしのそばにいるはるひくんは、笑顔だけど、ほんとうは——わたしの世界では存在しない人で。

そんなことを思うと、わたしは思い出してしまうんだ。一度死んだ命はかえらないってことを。その命から生まれるはずだった命は、生まれないんだってことを。たとえ、この先、ほんとのほんとに平和な時代がきても、わたしたちは——この四人は、地上ではこんなふうに会うことができないんだってことを。

もし、とわたしは思う。もし、昭和の時代のあの戦争がなかったら。わたしははるひくんと友だちだったかもしれない。ゲームや本の貸しかりをしたり、妙音岳《みょうおんだけ》にサイクリングにいって、水晶《すいしょう》を掘ったり、街のゲーセンで遊んだり、ハンバーガー屋さんでしゃべったり。

もし、あの戦争がなかったら、それはあたりまえの日常になるはずだったんだ。そして、はるひくんだけじゃない。焼かれた半分の街の、死んでしまった人たちと、そしてその子孫《しそん》の人たちも、みんな生き続けていて、風早の街で、いろんな夢を見たり、遊んだり悩んだり、働いたりして、ありふれてるかもしれないけど、幸せな暮らしを続けてるはずだったんだ。——もし、戦争さえ、なかったら。

虹色の空は、きれいだ。でも、きれいすぎて、わたしは泣けてきちゃうんだよう。だってあんまり、はかなく見えて。

そのとき、はるひくんが、わたしの肩に手を置いて、いった。明るい声で、さらっといった。なんてことはないって感じで。

「ぼくたちで、これから、世界を変えていくんだよ。ぼくたちなら――ぼくと、はるひさんなら、きっとできるよ。戦争が、どんなに悲しいことを引き起こすか、知っているぼくたちならさ」

はるひくんは、笑顔だった。太陽みたいに明るい笑顔。

「おばあちゃんからきいたことがある。昔の子どもは、今の子どもみたいに、人間として、大切にはされてなかったって。知恵も知識もなかったって。

でも、ぼくたちの生きる時代はちがう。子どもだって、とりあえず、いいたいことはいえる。大事にされてる。ネットを使って、知らないことを調べることも、世界中の人に意見をきいてもらうこともできるでしょう？」

わたしは、俯いた。

「でも――子どもの意見なんて、大人は、だれもほんとにはきいてくれないよ」

「たくさんの子どもの声を集めたら、大きな力になるかもしれない。ネットをつかえば、世界中の子どもと出会えて、話ができるんだからね。そして、もし子どものうちになにもできなくても、今の思いを忘れないまま、大人になっていければ、きっとなにか世界は変わると思う。ぼくたちが、日本や世界のいろんな人に出会い、友だちになっていけばさ」

はるひくんは、鼻をこすった。

「でも、この先どんなに友だちができたって、はるひさんほど気が合う子はいないね、きっと。なにしろ、学校でも、君みたいに話が合う子っていなかったもん。メールのやりとりをしてるの、ほんとうに楽しかった。パソコン、高かったけど、君と出会えて、それだけでもとは取れたぜって、思っちゃったもんね」

「あ、それは——わたしも」

はるひくんが、わたしの肩をぽんと叩く。今日会ったばかりの子にそうする感じじゃなく、親友にするみたいな、叩きかたで。

「元気だそうよ。過去を振り返るのはやめよう。終わってしまったことは、悲しいけど取り返せないんだ。『人間は、過去に向かって生きることはできない。未来に向かって、生きていくんだ』って、あれ？　なんの台詞《せりふ》だったっけ？」

わたしは笑った。

「こないだアニメになった、あの本だよ。主人公のお兄さんの台詞」

「あ、あれか。だからさ。生きていこうぜ」

はるひくんは、かっこつけて笑う。

「たとえふつうの世界で会えないとしたって、ぼくらは親友だよ。これからも、ずっと、親友だ」

「うん。親友だね」

わたしたちは、ぎゅっと握手した。

そのとき、虹色の空が揺らぎ始めた。

アカネヒメが、顔を上げていった。

『ああいけない……。あたくしが、無理をしてここにきてしまったので、この世界が怒っているのですわ。ごめんなさい。どうしましょう。もう……ここをでて、お互いに、もときた世界に帰らなければ』

でも、と、アカネヒメがいった。涙で潤んだ目で、カゼヒコさまを見あげて。そのあとに続く言葉がわかるような気がした。『帰りたくない、別れたくないです』って、いいたいんだ。

そのとき、カゼヒコさまが笑顔でいった。

『いいえ、無理をしたのはわたしも同じですから、あなたひとりのせいではないですよ』

アカネヒメは、目をぱちくりした。

『まあ、いつも落ち着いたカゼヒコさまが……そんなことをなさるなんて』

『わたしの小さい姫神さま。あなたにもう一度会うためでしたら、なんでもしたでしょう。確かに危なかったけれど、でも、こうして会えたのですから、よかったではないですか』

アカネヒメは笑った。カゼヒコさまのそのひと言で、まるで、桜の花がぱあっと咲いたような笑顔になった。

そうして、深くため息をついて、あとはわたしの知ってる、いつものアカネヒメだった。

『そうですね。結果おーらいってやつですわ。まあ、もしなにかあったら、人の子の命も危なかったかも、とか、へたしたら人間の世界全体がふっとんでいたかも、なんてのは、黙ってたらわかりはしませんし』

……今、いってるじゃん。

わたしと、はるひくんは口を尖《と》がらせ、神さまふたりは、楽しそうに笑った。そして神さまたちは、それぞれにわたしたちの手を取った。

『それでは』

と、カゼヒコさまが、笑う。

『ごきげんよう』

と、アカネヒメがほほえむ。

『カゼヒコさま。こんなに危ないことは、もうできませんから、これがほんとうのほんとうに、最後のお別れになるかもしれませんね』

『はい』

『でも、会えてよかったですね』

『ええ、そうですね。会えてよかった』

神さまふたりは、笑ってた。でも、心の中で泣いてるのかもしれないと、わたしは思った。

アカネヒメは、笑顔のまま、ひと言ひと言、大切な言葉をそのひとに手渡そうとするように、いった。

『カゼヒコさま。あなたからきいたたくさんのお話を、あたくし忘れませんわ。あなたの声も。あなたが吹いてくれた笛の音も』

カゼヒコさまが、静かに、いった。

『わたしも忘れませんよ。あなたとすごした夜を。あなたのかわいい笑い声を。あなたとともに見た月と、人の子の住む街の輝く明かりの色を』

『これからも、神として、人の子の街を守り、がんばって、元気に生きていきましょうね』

『あなたが幸せでいられるように、いつもわたしは祈っています』

と、カゼヒコさまがいった。囁くように。

気がついたときには、わたしとアカネヒメは、部屋に戻ってた。パソコンの画面を見ると――うわ、まっ黒になってかたまってる。壊れちゃったんだろうか？

わたしは、パソコンを起動させてみた。大丈夫。動く。でも――はるひくんからきたメールは、ぜんぶ消えてた。嫌な予感がして、メールを送ってみた。いつも通りに自分宛てに。メールは、はるひくんのところには届かなかった。返ってきてしまう。

魔法は、もう、終わったんだ。

窓の外は、いつの間にか、夕方になっていた。……信じられない。さっきまで、朝だったはずなのに。わたしは、窓をあけた。

黄昏時の空は、不思議な色に染まっている。魔法をいっぱい隠しているような色に。赤と青とオレンジとルビー色と。夕日の近くにはかすかに緑。東の空は、もう夜が近くて、青色と群青《ぐんじょう》と。真上の空は、きれいな水色。

あの、虹の世界にあった色が、空中に、散らばっていた。

アカネヒメが、わたしの隣《となり》で空を見た。ふと目が潤んだ。

『あたくしがいつか、大人の神さまになって――空を自由に飛べるようになって。どこまでもいけるようになっても、二度とあの方にはお会いできないんですね』

神さまは少しだけ俯いて、でもすぐに顔を上げた。もう、泣いてはいなかった。

わたしは、空に右手の小指を上げた。

約束の、指きり。

はるひくん。約束しよう。出会ったことを忘れないって。わたしはずっとずっと、大人になってもきっと、あの虹の世界で、君にいわれたことを覚えているから。

一瞬。はるひくんが見えた。古い家の窓をあけて、右手の小指を、空にかざしてた。はっとしたような顔をした。わたしとはるひくんの指は、確かに、そのときつながった。

夢から覚めたように、次の瞬間には、はるひくんの姿は掻《か》き消えていた。指の感触は残っていたけれど。

わたしはもう一度空を見上げた。ほほえんだ。

バイバイ、はるひくん。

君の声、忘れないよ。天使みたいに澄んだ声。ほんとうはきこえなかったはずの声。
わたしの名前を呼ぶ声を。
だから君も、わたしの声を覚えていて。
ちがう世界の空の下だけど、いっしょに歩いていこう。未来に向かって。
七夕の空は晴れた。
今夜きっと、天空のどこかで、おりひめとひこぼしが再会するんだね。

人魚姫の夏

夏の朝。子ども部屋の窓から射し込んでくるお日様の光で、わたしは目が覚める。

「ううう、もうちょっと寝ていたかったんだけどな」

せっかくの夏休み、二度寝でも三度寝でもできる朝なのになあ、と自分を呪いながら、わたしは二段ベッドの下の段から這《は》い出す。

目が覚めたと思った途端に、喉《のど》が渇《かわ》いたとかおなかがすいたとか、どっと押し寄せてくるのって、一体何なんだろう？

梯子《はしご》の上を見ると、ヒロはまだすやすや眠っているらしい。いいなあ。

まださめきらない頭で、のれんをくぐって、台所に行こうとしたら、

「きゃっ」

いきなりそこに、冷蔵庫の前あたりに、幽霊《ゆうれい》が立っていた——と思ったら、ぼさぼさの髪を振り乱した、眠そうで疲れ果てた、ママだった。台所のお花や緑たちにじょうろで水をあげている。

「——おはよう、はるひ」

笑顔だけれど、目の下はくまで真っ黒。声はしゃがれている。着ているのはだいぶしわしわになったお部屋着で――

「ママ、また徹夜したの？」

「うん。いよいよ新人賞の〆切《しめ》りが近づいたって思ったら、なんだか眠れなくなって」

ふわ、とあくびをかみ殺す。

うちのママは童話作家志望だ。いっつも投稿用の原稿を書いていて、それをたまに新人賞に応募しては、ああ今回も駄目だったとか、今度は○次選考まで残ったわ、とか、燃えている。今のところ、まだ一等賞を取ったことはない。まあ、取ったらとっくの昔にプロの童話作家になってると思うんだけど。

正直、ママの書くものって、悪くはないと思うんだけどな。図書館に並んでいる本と、どこが違うんだろうって、ときどき思うくらい、いい線いってると思うのは――子どもだからのひいき目ってやつなんだろうか。

あれ、とわたしは首をかしげた。

「ママ、新人賞に出すために書いてた童話の原稿、完成したっていってなかったっけ？」

今回は余裕で〆切りに間に合ったわ、って、わたしたち家族に胸を張っていってたのは、あれは一昨日の晩ご飯のときのことだったと思う。みんなで拍手《はくしゅ》したんだもの。

「うん」

元気がない感じで、ママはうなだれた。

「完成はしたんだけど——自信なくなっちゃってさ。この原稿、投稿してもいいのかなって。——出すのが、怖くなっちゃって」

「だって投稿するために書いたんでしょう？」

「うう。それはそうなんだけどね」

今度の作品は自信作だって、最近のママはいつもいっていた。子どものころの大切な思い出を、童話にしたんだって。大切な大切な思い出だったから、作品にできて良かったたって。

「この作品が新人賞をとって、活字になったらいいなって思うの。そうなってほしいの」

夢見るような瞳《ひとみ》で、いってたのに。

ママは肩からふうっとため息をつくと、台所のテーブルの椅子に腰を下ろした。

「あんまりこの作品が大切すぎちゃったのね。思い出を宝石みたいに結晶させた作品だもの。新人賞に出して、もし駄目だったらどうしようって思い始めちゃって。こんなに大切な、かわいいかわいい作品が落選なんてしたら——ママ、もう童話が書けなくなっちゃうかも。ううん……この先、生きていけないかも知れないわ」

「ええっ」

ふだんのママならあり得ない感じの、力のない声に、わたしはぎょっとした。ふだん元気なだけに、今にも死んでしまいそうなひとみたいに、しおしおにしおれて見えたんだ。

「ああ怖い。怖いなあ」

ママはテーブルにつっぷして、力のない声で、そうつぶやいた。

「ねえ、ママ」

わたしはママの肩をそっと揺さぶった。

「勇気と元気を、ちょっとだけ出してみようよ。きっと大丈夫だよ、その作品」

それだけママが大切に思っている作品なんだもの。きっと今度こそ大丈夫。そう思った。

それにさ、せっかく書いた作品を、新人賞に出さないともったいないじゃない？

ママがどれくらいその作品に一生懸命になっていたか、わたしは見ていたから知ってたんだ。最近は特にろくに寝ていなかったし、ご飯だって台所のテーブルに置いた古いノートパソコンと向かい合いながら食べていた。パパが愛を込めて、ばくだんおにぎりを握ってあげて、わたしとおばあちゃんがおみそ汁を作り、ヒロがおつけものをそえたりして応援してたんだけど、鬼気迫《ききせま》るって感じだったんだ。

いつもママは、新人賞の〆切り前は燃えるけど、今回の話は特に、パソコンの画面に魂が吸い取られたような表情になって、泣いたり笑ったり、顔をしかめたりして書いていた。書き終わったときに、パソコンの画面の前に突っ伏して泣いて、はなをかんで、

「できた」

って、すごい晴れやかな顔で笑った、あの一昨日のきらきらした笑顔は素敵だった。家族みんなで、「お疲れ様でした」って、お茶を淹れたり肩を叩いたりして、盛り上がったんだ。ママはほんとうに幸せそうで。

でも今日のママは、別人みたいにぐんにゃりしたまま、顔を上げてくれなかった。

「だめなのよねえ、わたし。子どもの頃からおんなじ。いつもは元気で前向きなのに、いざってときに、すごい怖がりになっちゃうの」

元気のない声が笑った。

「はるひくらいの年の頃ね、夏休みの間、一緒に遊んだ、おさななじみの友だちがいてね。その子からも、香子《きょうこ》ちゃんたらいざっていうときはだめねって怒られたわ。しっかりしなさい、って。それじゃ幸せになれないよって」

大人になっても、駄目なままだったなあ、と、ママは悲しそうな声でいった。

「あの子に怒られちゃう」

ママの名前は、香子。将棋《しょうぎ》が好きだったおじいちゃんが、駒《こま》の名前からつけたんだそうだ。香車《きょうしゃ》――まっすぐ前に進んでいく駒。ママの性格には、たしかにそういうところがある。強気で元気でまっすぐで。明るくて、いつも朗《ほが》らか。実際、いつもはそうなんだ。

こんなに落ち込んだママは、だから見たことがなかったんだ。


図書館に本を返しに行くついでに、いつもの東風早《ひがしかざはや》町西公園に行った。

晴れた空に浮かぶ雲は、綿《わた》でできたみたいに分厚くて、たまに夏の日差しを遮《さえぎ》った。遠い空から、灰色がかった雲が、羊の群れのようにゆっくりと動いてきた。雨になるのかも知れないな、とぼんやりと思った。たまに吹きすぎる風は、海の匂いを運んできて、もやっと湿気ていた。

いつもは同じ学校の子に会ったりすることもあるのに、今日は誰とも会わない。誰も公園にいなかった。降りそそぐような蟬《せみ》の声がするだけで、静かだった。

楠《くすのき》の木陰《こかげ》になったブランコを、うつむいて、何となく漕《こ》いでいると、

『どうしたのですか、はるひ』

頭上の木の葉の間から、アカネヒメが、逆さまに顔を出してきた。一緒に遊んでいたのか、山鳩《やまばと》と若い雀《すずめ》たちも、小さな頭を並べて、つぶらな瞳で、わたしを見下ろしている。

『いっつも元気なそなたには珍《めずら》しいことに、今日はまったく元気がないのですね』

金の冠とおかっぱの髪を揺らしながら、くるんと地上に舞い降りてきた。

わたしの乗っているブランコの、その隣《となり》のブランコに腰を下ろして、ふわりと漕いだ。

『空は青く、小鳥たちは元気で、草木の緑もつやつやとして。こんな素敵な夏の日に、そなたは一体何を沈んだおももちをしているのですか？』

神さまは少し唇を尖《と》がらせた。

『――そなたが元気がないと、あたくしもつまらなくなります。胸のここが痛むとい

うか。もっと笑えないものですか』

「そんなこといったって」

わたしは笑った。神さまったら、と思いながら、ああでもちょっと、その気持ちもわかるなって思ったんだ。大好きなひとが元気がないって辛いよね。笑って欲しいって思うよね。

わたしだって、ママが笑顔じゃないと、つまらない。心配だし、胸の奥が、きゅんと痛くて重くなっちゃうんだ。

（ママに元気になって欲しいなあ。勇気を出して、欲しいなあ）

ママはわたしがなんといって声をかけても、元気になってくれない。そんなママって見たことがないから、すごく心配になる。

いつも元気でパワフルで、子どもの頃からそうだったっていうママ。わたしの性格もそこから受け継いだんだろうねっていわれる。

（――子どもの頃から？）

思いだした。ずっと昔、小さい頃に、ママから聞いた言い伝えを。

「――子どもの願いを叶えてくれる、人魚の神さまのほこら――」

『人魚のほこら？』

アカネヒメが首をかしげる。

わたしは、ブランコを一度思い切り漕ぐと、地面に飛び降りて、神さまに笑いかけた。

「神さま、わたしちょっと遠くに行こうと思うんですけど、一緒にきますか？」

『遠く？』

「バスに乗って、知らない町に行くんです。夏の小旅行って感じかな？」

今から行けば、夜までには帰れるだろう。何年か前に、ママにつれていってもらったことがある、その海辺の町のことを思いだした。

あれも夏だった。海に向かって蜜柑《みかん》の木の畑がある、山間《やまあい》の小さな町。ママの遠い親戚——わたしの遠い遠い親戚の家がある町だ。

『小旅行』

神さまは目を輝かせた。

『素敵ですね。あたくし、一度でいい、そういう経験をしてみたかったのです』

神さまは、ブランコからふわりと舞い上がり、わたしの肩に腰を下ろした。といっても、いつものように、小鳥くらいの重さしか感じない。桜の葉の甘い香りが、ふわりとわたしの方へ漂ってきた。

アカネヒメのよりしろである小さな赤い桜の木は、輝くような緑の葉を、ほっそりとした姿にまとっている。樹齢五百年の古木といえど、まだ若い神さまである彼女は、この公園からほとんど離れられない。

でもわたしのそばにいて、からだにふれていれば、彼女は遠くへ行くことも出来るのだ。なぜか知らないけど、わたしには神さまのよりしろになる才能があるらしい。昔から、お化けとか妖怪《ようかい》とか不思議なものを見ることができる目を持っている、それと関係あるんだろうな、っていつも思ってる。

パパもママもヒロも、友達のみんなも、そんな目を持っていない。だから正直いって、ちょっと嫌なところも怖いところもあったんだけど——神さまの小さな白い手と、嬉しそうな笑顔を見ながら、わたしも微笑《ほほえ》む。

このかわいい神さまの役に立てて、世界でたったひとりの友だちになれてよかったなって。

海辺の町へ向かうバスは、きらきらの夏の日差しの中を、楽しそうに走ってゆく。

遠くへ行くバスだ。いつも降りる、駅前のターミナルや、その先のイベントホール、遊園地前なんてバス停を通り過ぎて、その先まで乗っていく。橋を渡り、郊外にある古い博物館と県立図書館、霊園のそばを通り過ぎた。

窓の外の景色は、次々に知らないものに変わっていって、胸がどきどきする。

「――冒険してるって感じ」

そう呟《つぶや》くと、隣の席（神さまには当然、窓際の席を譲ってあげていた）の神さまが、何回も頷いた。窓に貼りつくように夢中になって、流れてゆく風景を見ながら。

（神さまなのに、小さい子とおんなじだなあ）

後ろから見ると、膨らんで見えるほっぺたの感じが、弟のヒロが何かを夢中で見ているときと、おんなじに見えた。

バスになんて乗ったことないんだろうなあ。遠くの町に行ったことも。

誘って良かったと思った。

わたしも窓の外を見ながら、少しずつ近づいてくる、遠い町の夏の山と海に見とれた。

あれはいつのことだったろう。

ママから聞いたことがあるんだ。

ママが子どもの頃の夏休み、不思議な神社のことを聞いたことがあるって。

そこは、海辺の小さな町のはずれの、海の中にぽつんと浮かぶ小島にある神社のほこら。そこに奉《たてまつ》られているのは、人魚の神さまなんだって。

なんでもその町には昔、海底から人魚のお姫さまがやってきて、町の若者と結婚したって伝説があるんだって。人魚のお姫さまは、人間になって、もう海へは帰らなかったんだけど、人魚の神さまを小さなほこらにまつって、生涯大切に守っていたんだっていうの。

町の人たちはそのほこらをずっと受け継いでお守りしていたんだけど、年月が経つうちに、いつしかほこらはほったらかし。町がさびれたせいもあって、海の波に洗われるままに、ぼろぼろになっていったんだって。

でも――そのほこらには今も、人魚の神さまがいて、ひそかに子孫たちが住む町を守っているんだって。人間の子どもたちをかわいがっていて、子どもたちがほこらを訪《たず》ねていけば、きっと願いを叶えてくれるんだって。

ママのおさななじみの女の子は、ずばりその人魚の遠い子孫のひとりだったんだって――そんな話を、昔ママに聞いたことがある。人魚のほこらの伝説を、ママはその子から聞いたんだって。

「ママは、小さい頃、その町の近くの町で育ったの。海辺の町がとても好きでね。いつも遊びに行ってるうちにお友だちができて。はるひくらいの年の頃の夏にね。その子と宿題をしたり、お泊まりをして花火をしたり、ちょっとだけ冒険にいったりしたの」

　懐かしそうに、少しだけ寂しそうに、ママは話してくれたんだ。もうずうっと前のことだけど、そのときのママの表情も、声も、今もわたしは覚えている。

「同い年なのに、背がすらっと高くてね、それこそ童話に出てくる人魚姫みたいに、きれいな女の子だったのよ。でもからだが弱くてね、すぐ貧血を起こしたり、寝込んでしまうような子だったわ。だけどね、泳ぐのが上手だったの。海に深く潜ったり、沖まで泳いでいって、珍しい魚や綺麗な貝をとってきてくれたりもしたの。ママも運動神経良かったし、泳ぐの速かったんだけど、もうレベルが違ってたのね。ずうっと海で泳いでいて、あんまり海から帰ってこないものだから、わたし怖くなって心配で、早く戻ってきてって叫んだこともあったわ。そしたら笑いながら帰ってきてくれたの。晩ご飯にって、両手に見事なお魚を下げて。鯛《たい》とヒラメだったわ。その子の家でその夜お刺身にして貰《もら》ってね。すごく美味しくて。竜宮城のご馳走みたいだって思ったの覚えてる。

　夜はお布団を隣に並べて、一緒に寝たの。お喋《しゃべ》りするのも楽しかったけど、ママがお話を考えて話すと、夢中になって、『それからそれから』って聞いてくれたなあ。香子ちゃんは作家になるべきだって、あの子、いってくれたのよね。いつかわたしを主人公にした物語を書いてね、って頼まれてたの。そうしたらいつか、いつか自分が死んでしまっても、ずっと生き続けていくことができるような気がするから、って。わたしがそんな縁起でもないこといわないでって怒ったら、冗談よ、って笑ってた。思えばあの夏にあの子に話すまで、まだ自分がお話を考えていることも、たまに原稿用紙に書いていることも誰にも話したことがなかったな。そしてあの子に聞いてもらうまで自分がどんなにそれを楽しいと思ってるのか気づいてなかったかもしれない。

――楽しい夏だったなあ」

ママは微笑んだ。少しだけ照れくさそうに。そして少しだけ、切ないまなざしをして。

「その頃、子ども向けの雑誌で、童話のコンテストがあって、それに出せ出せって、夏休みの間中、いわれてたなあ。ママ、とてもそんな勇気はなくてね、夏の間逃げ回ってた。

夏休みが終わって、秋になる頃には『作家になりたいなら、勇気出さなきゃ駄目よ』っていわれたな。最後まで怒られちゃったのよね」

「今もその子とお友だちなの？」

わたしが聞いたら、ママは黙って首を横に振った。寂しそうに。

ずっと昔のことだもの。今はもうやりとりをしていないんだろうな、と思った。


バスの窓の外の、流れてゆく夏の風景を見ながら、わたしは思う。——人魚の神さま、子どもの願い事を叶えてくれるっていう、ほこらにいる神さまは、わたしの願いも叶えてくれるんじゃないだろうか。

(叶えてくれるって信じたいなあ)

わたしの言葉は、ママの耳に届かない。

ママに元気を出して貰う魔法。ママに勇気を出して貰う奇跡——そういう魔法もそして奇跡も、もしかして、叶えて貰えるのなら。

ずっと昔に聞いた、お伽話《とぎばなし》みたいな話だけれど、賭けてみたいって思ったんだ。


海のすぐそば、砂浜の近くに、小さなバス停がある。目的地の、浜木綿岬《はまゆうみさき》だ。

わたしはアカネヒメといっしょに、弾《はず》みをつけるようにして、降りた。名前の通りに、砂浜の上に、浜木綿の花が咲いていた。

「ええっとたしか、この近くのはず」

眩《まぶ》しい日差しの中、海の沖の方を見る。まるで海を渡る、岩でできた吊り橋のように、ほっそりとした道が沖の方へと続いている。その先端にほこらのような影が見える。

「うん、あそこだ。間違いない」

以前ここに連れてきて貰ったときに、ママが指さしたほこらだ。あのときはパパとヒロもいっしょだったし、同じ浜辺のずっと向こうにあった、海水浴場に直行しちゃったから、ほこらへの道とほこらの影を遠くから見ただけだった。わたしは物語に出てきそうなほこらの姿と、ママから聞いた人魚の神さまの伝説にどきどきしていたから、ほんとうはいってみたかったんだけど。未練があったんだけど。

そのあともたまに、あのほこらのことは思いだしていたんだけど、行く機会がなかった。ママはこの町に思い出があるみたいなのに、あんまり行きたがらなかったから。バスでそうかからずに行ける町だったから、わたしひとりで冒険にいきたいと思ったときもあったんだけど、

「ひとりでいっちゃ駄目」

なぜか本気で怒られて、行くのをやめた。

明るいママは、子どもたちには優しいママでもあって、あとあんまり理不尽《りふじん》な怒り方もしないママだったから、怒った顔が怖かった。

「危ないから、絶対に駄目」

そのまま何年か過ぎて、そしてわたしはあのほこらのことを忘れていたんだ。

今日、すごく久しぶりで思い出すまでは。

（ママに何もいわないで、ここまで来ちゃったなあ）

胸の奥がちくっと痛んだけれど、わたしは砂を踏み、ほこらへの道を目指した。


昔、あのほこらへの道は、もっと太く、立派だったのだそうだ。でも年月が経つうちに、潮に洗われて、細くなってしまったんだって。

ほこらの影を見つめているうちに、心臓がどきんと鳴った。海から吹く生ぬるい風は、どこか怪しげで、怖かった。

誰もいない。見渡す限り、生きているひとの気配はなくて、そのせいだろうか、現実感がなかった。歩き慣れない砂浜の、熱くて重い砂を踏む感触のせいもあったかも知れない。ほこらに近づいていくごとに、一歩一歩夢の世界の中に入り込んでゆくような気がする。夏の照りつける光の中、自分の呼吸の音が妙に耳についた。

空の日差しの眩しさと、海から照り返す波の輝きと。光の中を歩いていると、万華鏡の中を歩いているみたいにくらくらしてきた。

アカネヒメが、ふわりと空に浮かび、わたしのおでこのあたりを、自分のからだで日から遮るようにしてくれた。心配そうにいった。

『あんまりお日様にあたるとよくないですよ』

「大丈夫ですよ、神さま」

浜木綿の花の波の中を歩きながら、わたしはおでこに浮かんだ汗を拭《ぬぐ》う。

「ほら――空が曇ってきましたから」

自分にも言いきかせるようにして。

流れる雲が少しずつ分厚くなっている。さっき公園で見上げたときよりも、さらに日差しはふんわりと和《やわ》らいでいるのだ。じきに曇り空に変わるのだろう。

「あ、ということは……」

早く帰らないと、雨になるのかも知れない。

海を渡るほこらへの道は、浜辺で見たときは、そう遠そうに見えなかったのに、歩いても歩いても、なかなかたどり着けなかった。

遠くから見たらわからなかったけれど、岩でできた道は、ごつごつしていて、ところどころ、牡蠣《かき》やフジツボがついていて、歩く度にスニーカーの裏が痛くなった。

怖くなったのは、じわじわと近づきつつある目的地のほこらが、見るからに崩れかけた、それこそ悪霊でも住んでいそうな不気味《ぶきみ》な姿に見えたからだった。——木と石を組み合わせて作ったような、その小さなほこらは、大きな犬小屋くらいの大きさに見えた。そんなに大きなものではないのだけれど、千切れかけたしめ縄がかかっているあたりがやはり不気味だ。

（あのほこらに願い事をするの？）

想像すると、気味が悪くなった。

それにあのほこらは、いくらなんでもぼろぼろすぎた。気持ち悪いだけじゃなく、実は人魚の神さまなんていないんじゃないだろうか。そしたらあんな遠くまで行って、ぼろぼろのほこらに向かって祈るのは無駄なことなんじゃないだろうか。

急に足に疲れを感じた。重たくなった。

引き返したくなって、来た方を振り返る。

砂浜と、その先のバス停は、ぞっとするほど遠くに見えた。

とっても怖くなったのは、帰る頃になって海の水が満ちてきたらどうしよう、とそのときになって初めて思ったからだった。海の中の細い道だ。沈んでしまうかも知れない。陸地はどちらかわかっていても、泳げばいいんだと思いたくても、心細くなった。そもそもわたしは、水泳はあまり得意じゃない。

駆け戻りたくなる。――でも。

わたしはくちびるをかんで、ほこらの方を振り返った。また歩き始めた。

（ここまで来たんだもの）

沖の方に背中を向けて帰るのは簡単だ。でもそうしたらきっと、なんであのとき頑張ってほこらに辿り着かなかったんだろうって、わたしは自分を責めるんだ、きっと。

（もしかしたら魔法が始まるかも知れないのに）

（あのほこらにたどりつくことさえできれば）

人魚の神さまってどんなひとかわからないけど――いやそもそも、そこにいるのかどうかすらわからないわけなんだけども――もしあそこにいる何者かが願い事を叶えてくれるというのなら。

ママが元気で明るいママに戻ってくれるのなら。

わたしは肩を怒らせて、前へ前へと、海の中の細い道をずんずん歩いて行った。

『はるひ、何をそう、怖い顔をしているのですか？』

ふわふわと頭上をゆく神さまが、不思議そうな表情で、わたしの顔を覗《のぞ》き込んだ。

「急がなくちゃって思っただけです」

わたしは少しだけ笑って、歩きにくい岩の道を先へ先へと急いだ。

『そうですねえ、お天気が悪くなりそうですし』

灰色を増してゆく雲を眺めるようにしながら、アカネヒメが心配そうにいった。

『雨の匂いがします。それと——強い風の匂いも。嵐が来るのかも知れません』

「嵐？」

冗談じゃない。でもたしかに、さっきから風の音が若干《じゃっかん》不気味になってきたなとは思っていたんだ。

（急がなくちゃ）

こんな場所でそんなものに遭遇《そうぐう》したくない。一心不乱《いっしんふらん》に先を急ぎだしたとき——。

『あら？』

アカネヒメが、ふわりと海面を覗き込むようにした。

「どうしました、神さま」

『とても大きなお魚がいたのです』

神さまは興奮したような顔をして、両手を横に大きく広げた。『しっぽだけしか見えなかったんですけれど、それがこーんなに大きかったんですよ。もしかしたら、お魚じゃなく、鯨《くじら》だったのかも知れませんね』

鯨、ってこの辺の海にもいるのかな、とは思ったけど、神さまが夢中になって海の方を見ているから、否定はしないことにした。この辺の海は水深が浅いから、鯨はいないって、いつだったかママに聞いたような気がするんだけどなあ。

そう思いながら、また歩き始め――ふと海面に視線を投げたとき、わたしは目の端に、綺麗な色の何かが踊るのを見た。

それはママの好きな宝石、パライバトルマリンみたいな水色の何かだった。透明で、大きなひらひらしたものが、濁《にご》った色の海の水の中に見えたような気がしたんだ。

でもそれは一瞬のこと、まばたきするくらいの時間のことで、よくよく見ようとしたときには、もう何も見えなかった。

そのときにはもう、海水は曇り空を映して、暗い色になっていたし、だから錯覚《さっかく》だったのかな、とわたしは思った。だってその水色のものは、大きさといい、かたちといい、まるで――。

(人魚のしっぽみたいだった)

どきどきした。

歩きながら、ずっと海の方を見ていたけれど、でももうその不思議なものは見えなかった。

そして嵐は突然にやってきた。

雨は風にあおられ、上からだけじゃなく、横殴りに降ってくる。海面も荒れていて、潮の匂いのする水しぶきが、波音と一緒にからだにかかる。目を開けていられなかった。

(もう何でこんなことに)

泣きたくなった。雨と海水に濡れた岩の道は、見えないし滑るしで怖いことこの上ない。それでもたまに開ける目の、その前方には、雨に濡れ、海水のしぶきに取り巻かれた、古いほこらが見えるのだ。

「ここまで来たからには、あそこに辿り着いてやる」

半ばやけだったんだと思う。そのときには、夏なのに濡れて寒くなってきていて、無茶だなあって自分でわかってたんだから。

「あとちょっとなんだから」

神さまがわたしの服の襟首《えりくび》の辺りを摑《つか》み、耳元で何か叫ぶのが聞こえた。たぶん危ないですとか帰りましょうとかそういうことをいったんだと思う。

でも、わたしは頭上に神さまを浮かべたまま、嵐の中を前進した。神さまは雨風も関係なしだ。心配するのは自分のことだけでいい。ならわたしは、諦めない。

目に降り込む雨を手で払い、ほこらの方を睨《にら》みつける。そうしながら、こんな目は、ママから受け継いだものだよな、と思う。するべきことがあるとき、いいたいことがあるとき、ママはきっと負けずに逃げずに、こんな目をして、嵐の中でも突き進むのだ。わたしはそれを知っている。だってわたしはママの子で、ママそっくりだっていわれる娘で、ママのことが大好きなんだから。

(ママはほんとうは強いひとなんだから、勇気だって元気だって取り戻せるひとなんだよ)

わたしはそう信じている。何度もその言葉を口にして、励まそうとして、でも、ママの心には届かなかったんだけど。

(だから)

嵐の中を進もうとして、でもそのとき、急に吹き荒れた風にあおられて、わたしは海の中に落ちていった。

溺《おぼ》れる、と焦りながら、なんとか海面に上がろうとした。そのときまではまだ比較的冷静だったんだと思う。けどその瞬間に、背中に強い痛みを感じた。海中にあった岩にぶつけたんだ、とわかったけど、からだが動かなかった。頭がぼーっとした。胸の中の空気が泡になって水の中に光るのが見えた。

気がつくとそのままの姿勢で、海の中に沈んでいった。海の中は海面とは違って、静かに凪《な》いでいた。空は暗いのに、不思議とぼんやりと明るくて、魚たちが銀色のうろこをきらめかせて泳いでいて、美しかった。息苦しくて、冷たくて、でも水の中は綺麗だった。

（アンデルセンの『人魚姫』みたい）

ママが大好きで、何度も読んでくれた昔の童話を、わたしは思いだした。ここは日本の関東の海で、遠い北の国の矢車菊《やぐるまぎく》のように青い海ではないけれど――。

そんなことを思っていたからだろうか。幻《まぼろし》を見た。長い髪をなびかせた綺麗な女の子が、海の中を泳いでくる。心配そうな表情で、わたしの方に手を伸ばす。海水の温度と同じひんやりした腕が、わたしの腕を摑んだ。沈んでゆくそれをとどめようとするように。

見知らぬ女の子だと思った。でも急な登場に驚かなかったのは、それどころじゃなかったのと、どこかで――記憶の片隅に、その子のことを知っているような気がしたからだった。この子、どこかで会ったことがあるみたい――ぼんやりと、そう思ったのだ。

水色の美しいものが、目の端でひらめくのが見えた。その子は二本の足ではなく、水色の美しい魚の尾を持っていて——。

(ああやっぱり、人魚はいたんだ)

わたしはぼんやりと思った。さっき見たのは、やっぱり人魚だったんだ。

じゃあ、人魚のほこらの話は、ほんとうだったのかも知れない。ほこらに行き着けていたら、願い事は聞いてもらえたのかも知れないなあ……。

(あれ、でもわたし、人魚に知り合いなんていたかしら——?)

おかしいな。そんなはずは。

『人の子よ、しっかりするのです』

急に、耳元で打つような強い声が聞こえた。アカネヒメだった。海の中に自らも沈みながら、わたしの顔を両の手で挟み込むようにして、わたしの目を見つめていた。

『人の子はお魚ではないのですから、エラでは呼吸できないでしょう? さあ、陸の世界へ、帰りましょう』

金色の鈴がついた杖を、神さまは頭上に掲げた。まばゆい光が、海の中を照らした。

おかっぱの髪も、ふわふわとした衣装も、わずかも水に濡れないまま、ゆるやかに風に吹かれるように広がっている。どこか翼のように。

そしてわたしはその翼にひっぱりあげられるように、海面へと引き上げられていったのだった。

そのとき、神さまがわたしのそばにいた誰かに呼びかけるのが聞こえた。――と思ったけれど、そのときには朦朧《もうろう》としていたので、わたしの気のせいだったかも知れない。

『そなたもこちらへおいで。さあ』

神さまが優しく手をさしのべた。そんな気がした。


気がつくとわたしは、あのほこらへの道に引き上げられていた。

喉が塩辛くて痛かった。しゃがみ込んで咳《せ》き込んでいたら、頭上が明るく、あたたかくなった。いつのまにか雨が止み、空が晴れてきていたのだ。雲間を割るように、太陽の光が、地上へと差してきていた。

光の中に、すぐそばに、人魚の神さまのほこらが見えた。アカネヒメが、首をかしげるようにして、そのほこらを見つめていた。

ふいに金色の杖を軽く振って、

『えい』

ほこらへと声をかけた。

金色の光が、古びたほこらを取り巻いた。

と、見る間に、ほこらは洗われたように汚れも壊れたところもなくなっていった。まるで今目のまえで建立されたばかりのような、まっさらなほこらが、そこに建っていたのだ。

神さまは笑顔でわたしを振り返る。

『ほこらというと、神の家ですからね。あれがどんな神さまの家か知りませんけれど、あれではからだも悪くすることでしょう。はうすだすともいっぱいだったろうと思います』

「――はあ」

神さまにほこりやダニが関係あるとは思えないけれど、でもたしかに、今光の中に建つそのほこらは、住み心地が良さそうに見えた。

微笑みを浮かべて、アカネヒメはいった。

『神社やほこらというものを美しく保つのは、人の子の大切なお仕事です。そこにすまうものを忘れていませんよ、ずっと大好きですよ、という、あいのあかしなのですからね。

人の子も神も同じ。愛されず、忘れられていては、からだに力も入りません。神として、この地を守護して欲しいのなら、あんなふうにほったらかしにしていてはいけないのですよ』

軽く肩をすくめるようにアカネヒメがそういったとき、わたしの耳元で、誰かがささやいた。そんな気がした。風が吹きすぎるような、優しい、かすかな声だった。

『――そう。だからわたしの願い事は叶わなかったのね。人魚の神さまが、みんなから忘れられていたから』

いつの間にそこにいたのだろう。ほっそりとした、髪の長い女の子が、わたしのそばにいた。丈の長い、水色のドレスみたいなワンピースを着ていた。その髪もワンピースもぐっしょりと濡れていて、水がしたたり落ちていた。この子も嵐に巻き込まれたのだろうかとぼんやりと思った。

この子を知っているような気がしていた。どこかで会ったような。でも思いだせない。うまく頭がまとまらないのは、いまだ咳《せき》が止まらなかったのと、頭がひどくがんがんしてきたからだった。無理もないっていうか、考えてみたらわたしは死にかけていたようなものだった。

『昔、人魚の神さまに、お願いしたいことがあったの』

風のような声で、その子はささやく。

『いちばん大切な友だちのこと。明るくて元気で、素敵な子だったの』

わたしはああそうだった、と思った。

わたしは、ママのことをほこらの人魚の神さまにお願いに来たんだった。

耳鳴りがする。頭も痛い。

けれどわたしはひとつ息をついて、ほこらに語りかけた。閉じたままの扉の向こうに奉られているはずの、海の底から来た神さまに。

「神さま――人魚の神さま。どうかわたしの大好きなママが、元通りに、勇気と元気を出してくれますように。どうか、お守りください」

するとそのとき、奇跡のようなことが起きた。たしかに閉まっていたと思ったほこらの扉が、ふうわりと開いたんだ。

小さな声が、

『わかりました』

とささやいたような気がする。

『あの子のことなら知っていますよ』と。

『昔から知っています。この海で遊んでいた、かわいらしい女の子……見ていましたから』

風の吹きすぎるような、波がそっと寄せるような、そんな儚《はかな》くて、でもどこか懐かしく、優しい声だった。

わたしははっとして、ほこらをじっと見つめた。海水が目に染みる。こすってまた開けたときには、ほこらの扉は元通りに閉まっていた。——扉が開いて見えたのも、優しい声も、錯覚だったのだろうか、とちらっとだけど思ったとき、水色のワンピースの女の子がいった。ほこらの神さまの声に似た、優しい優しい声で。ささやくように。

『わたしも今願い事をすれば叶うのかしら。わたしの大好きな友だちが元気になって、夢を叶えてくれますように。——きょうこちゃんが、童話作家になってくれますように』

水色のワンピースのその子は、空から降りそそぐ光の中で、したたる水のしずくを宝石のようにきらめかせながら、微笑んだ。ほこらにそっと手をあわせた。

（きょうこちゃん？）

ママと同じ名前だ。

そう思ったとき。その子は背中からすうっと海の中に落ちていった。——そう落ちたように見えたんだ。溺れそうに。

わたしは慌《あわ》てて海面を覗き込んだ。

水色のしっぽが見えた。

長い髪のその子は、海の中から、白い腕をゆらりとわたしに向けて振った。笑顔で、さよならをいうように。

そして、綺麗なしっぽで水面を打つようにすると、海の中に泳ぎ去って行ったのだった。

『鯨でなかったのは残念だったけれど、あれはあれで綺麗なものでしたねえ』

アカネヒメがいった。低い声で付け加えた。

『綺麗だけど――あれは、あたくしと同じで、ほんのすこしさみしい「もの」かも知れませんね』

またここに会いに来ましょうか。わたしたちはそんな話をしながら、ほこらに背を向け、浜辺へと戻ったのだった。

西公園の赤い桜の木にアカネヒメを送り届けて、わたしが家に帰り着いたのは、夜、もう暗くなってからだった。雨はもうすっかりあがっていたけれど、びしょ濡れの姿で家に着くと、ママは家の門の前で、腕組みをしてわたしを待っていた。

わたしの姿を見ると、ママは何か母親の勘《かん》で閃《ひらめ》いたのだろう。今日は一体どこでどうしていたんだと本気で怒って聞いてきた。

だからわたしはママに話した。ママが子どもの頃過ごした海辺の人魚の町に行った、ということを。ほこらの神さまに願い事を聞いて貰うためにほこらへの道を渡り、嵐に遭い、溺れそうになったという話をしたら、ママは角が生《は》えたような顔になって激怒した。

「なんでそんな危ないことをするの？」

「――だってママに元気になって欲しかったんだもの。ママわたしがなんていっても聞かないから。わたしはママに才能があると思ってるし、頑張って欲しいんだよ」

ママは息を飲み、そして、うなだれた。

「なぎさちゃんと同じことをいうのね。ちょっとぐさっときちゃった。――だめね、ママ、子どもの時から全然進歩してない。同じことで、大事な子に心配させていたんだわ」

同じことを繰り返すところだったわ、低い声でそう付け加えた。

「ママ、なぎさちゃんって」

「前にお話ししたことがあったかな。ママの子どもの頃のお友だち。人魚の伝説のある町に住んでいた女の子でね――海で死んでしまったの」

ママは古いアルバムを開いて見せてくれた。何回か見せて貰ったことがある、ママの子どもの頃の写真が貼ってあるアルバムだ。

その中に、海辺の町で撮影された古い写真がある。長い髪のほっそりとした綺麗な女の子と一緒に夏休みを楽しんでいる写真だ。女の子は水色のドレスみたいなワンピースを着ていて、それがとても似合っていた。

そして、そう——写真の中のその子の笑顔にわたしは見覚えがあった。知っていた。

「なぎさちゃんはね、わたしが子どもの頃、ちょうど今みたいに勇気がなくて、童話のコンテストに出せないっていったら、怒ってね。香子ちゃんが勇気が出るように、ほこらの神さまに願い事をしに行くからって、電話をかけてきたの。でもそれは、天気が急に悪くなった日でね。それでもあの子は泳ぎが上手だったから、どこかで——海を怖がるなんてこと、考えてなかったんでしょうね。

その日、海のほこらに向かったきり、なぎさちゃんは家に帰ってこなかったの。今もきっとね。あの子はひとりで海にいるの」

そう、あの子は人魚になったのね——ママはそういうと、微笑みを浮かべた。そしてうつむいて静かに泣いた。

「子どもの姿のまま、海にいるのね」

わたしは頷いた。

「――ママ、信じてくれるの？」

ママは笑顔で、人差し指を振った。

「わたしは仮にも童話作家の卵なのよ。子どもの本の作家になろうって人間が、子どもの言葉を信じなくてどうするの？」

わたしは頷いた。

「そうだね」

なぎさちゃんは海にいる。昔のままで。

「なぎさちゃんはね、ママに、勇気と元気を出して欲しいって、思ってるんだよ」

変わらずに。

ずうっと。

人魚になっても。

ママはわたしを抱きよせて、ぎゅうっと抱きしめると、誓うようにいった。

「わかった。ママ、強くなるね。おとなになったんだもの。ずっと同じじゃいけないんだ」

「そうだよ。ほんとだよ、ママ」

目の端に浮かんだ涙を、ママは指先で拭《ぬぐ》った。

「あの年のなぎさちゃんと一緒だった夏休みは、もう帰ってこないけど、でも、永遠にすることはできるから。それがママが使える魔法だから。だから、ママ頑張るね」


その日の夜、わたしは夢を見た。

それは少しだけ未来の世界の夢。ママが童話の新人賞を受賞する夢だ。

新聞に掲載されたそのニュースを、人魚になったなぎさちゃんは、海に落ちた新聞を読んで知る。よかったね、とにっこり笑うのだ。

そしてある日、受賞作が掲載された雑誌を手にする——海の中で、大切に開いて読む。飽きずにいつまでも読み続ける。自分と大切な友だちの、ひと夏の夢と冒険の物語を。

長い髪と、美しい水色の尾をひらひらとなびかせながら。

春色のミュージカル

三月二十二日。わたしの十一歳の誕生日の、その一日あと。春休みまっ最中のその日は土曜日だった。

お昼から、家で家族だけの、一日遅いお誕生会をした。パパのお仕事の都合で、そうなったんだ。

プレゼントに、パパは、百科事典のソフトをくれた。ママは、童話の本。おばあちゃんは、すてきな手作りのワンピース。

ヒロは、小さな段ボール箱を、大事に渡してくれた。

蓋《ふた》をあけてみたら、びっくり。

子猫だった。とらじまが三毛みたいに入っている小さな猫がまるくなって眠ってる。鼻の先におこげみたいなぶちがあってかわいい。

「道で、知らないお兄ちゃんが、石をぶつけていじめてたの。

ぼく怒ってね、怖かったけど、そんなことしちゃだめっていったの。そいで、お兄ちゃん、逃げていったの」

わたしは、パパとママとおばあちゃんの顔を見まわした。みんな笑顔だった。

わたしは子猫を抱きあげ、抱きしめた。子猫、ほしかったんだ。ずっと前から。

ウインクして、ヒロにいった。

「泣きむしヒロ、今回はヒーローだったね」

ヒロは、いーっとしながら、でも胸を張った。


それからわたしは、りかちゃんに電話した。

話しているうちに、将来の夢の話になった。

りかちゃんは、ぬいぐるみ作家になりたいんだって。小さいころ、体が弱くて、ぬいぐるみしか友だちがいなかったから、自分みたいな子のために、かわいいぬいぐるみを作りたいのって、明るい声でいった。

「はるひちゃんの夢は？」

ってきかれて、答えられなかった。

わたしには、夢って特になかったんだ。なんだか、りかちゃんが大人っぽく思えてさびしくなった。自分だけ取り残されたような。

なぜだろう。急に気持ちが沈んできて、家の外にでた。

春の夕方の空は、ものがなしい色のもやがかかってた。

自分がいつかは大人になるってことが、信じられなかった。

少しずつ身長はのびてるけど、学年は一個ずつ上がっていっていて、来月からは六年生だけれど、でも心の中身は、大人になったんだろうか、と考えると、よくわからない。

いつの間に、人は大人になるんだろう？　わたしは大人になれるの？　それまでに、自分の夢をみつけられるのかなあ？

歩くうちに、気がつくと、東風早《ひがしかざはや》町西公園にたどりついていた。夕焼け空の下、赤い着物のアカネヒメが、薄桃色の光を放って、佇《たたず》んでた。

『こんばんは、はるひ。いい夕方ですね』

アカネヒメの頭上には、出会ったあの春の日と同じに、赤い桜が咲き誇ってた。

淡い花の香りがする。花びらが風にざわめく。

アカネヒメは、見た目は小さい女の子なのに、もう五百年も生きてる、この街の守護神だ。ふつうの人には、その姿は見えないんだけれど、不思議なものを見ることができるわたしには、見えるし話せるの。

わたしはアカネヒメと並んで、ベンチに座った。

ぽつぽつと誕生日の話をしていたら、アカネヒメが、深い息をして、悲しそうに瞬《まばた》きをした。

『……ひとつおばあさんになってしまったのですね』

「ええっ？　やだな。まだまだ若いですよう」

アカネヒメは、長いまつ毛の目を伏せた。

『はるひもまた……ひとつひとつ年をとって、そうしていつかは、あたくしとお別れしてしまうんですね。――いつかは、先に死んでしまう』

わたしははっとした。

考えてもいなかったけれど、年をとるということは、大きくなるということは、一歳分、死に近づいたということなんだ。

わたしだっていつかは死んで、この公園にこなくなって。でもアカネヒメは、たぶんそのときもそのあとも、この公園にいるんだ。

ひとりきりで。孤独な北極星のように。自分だけ変わらず、今のままの子どもの姿で。

わたしの胸はずきずきと痛んだ。こんなにやさしいかわいい神さまを、いつかわたしは置き去りに、ひとりぼっちにしてしまうんだ。

そのとき、魔法の歌がきこえた。
最初は、鳥の声だと思った。
だって、その歌声は、とてつもなく高く、澄んだ声だったから。

思い出の森のおくの
思い出の歌をさがしに
わたしは旅にでよう

悲しかった記憶も
とげのような言葉も
ポケットにおしこんで
顔を上げて歩きだそう

あの日のさよならが

今も耳に残るけれど
愛しさを心の翼にして
ほほえんで旅にでよう
幸せをさがして

知らない歌だった。

でも、沈んでいた心が、軽くなった。まるでおとぎ話の魔法の呪文をきいたように。不思議な呪文は、わたしにだけ効いたわけじゃなかった。アカネヒメも笑顔になってた。

わたしたちは歌に惹《ひ》かれるようにベンチから立ち上がり、そうして、その人を見た。長い髪をおさげにして、眼鏡をかけた女の人だった。ほっそりとしてて、背が高い。手に本屋さんの紙包みを抱いて、歩きながら、夕焼け空を見上げてうたってた。まるで女神さまみたいに。

けれど、途中で、ふとうたいやめた。悲しい暗い表情になって、うつむいた。きゅっと手を握りしめて。

わたしは、思わず、その人のほうにかけ寄った。

と、女の人は、こちらを振り返り、驚いたように顔を引きつらせると、その場にしゃがみ込んだ。ばさりと手から紙包みが落ちる。

わたしは、びっくりして、そのそばに近づいた。

え？　と、わたしは目を疑った。

さっき女神さまのように見えたはずの人は、今は地味な、うさぎのようにおどおどした目をして、わたしを見上げてる。恥ずかしそうに、

「わ……わたしの、歌、きいてたの？」

「はい。すごくすてきな声……」

女の人は真っ赤になった。わたしの言葉を最後まできかずに、女の人は、うしろも見ないで、かけだしていった。本屋さんの包みをその場に残したまま。

わたしとアカネヒメは、顔を見合わせた。

本屋さんの包みを拾いあげたら、セロハンテープがはがれて、中が見えた。

タウン誌だった。「ライフ風早」のでたばかりの号だ。何気なくひろげたら、男の人の写真入りの記事のページが、ぱらりとひらいた。

「うわさの演出家、海藤《かいどう》剛史《たけし》がやってくる」

白髪まじりのライオンみたいなばさばさの髪を風になびかせつつ、どこか外国の街

角でかっこよく笑う男の人の写真だった。

晩ごはんは、ママがとくいなキノコのソースのハンバーグだった。おばあちゃんが念のためにと獣医《じゅうい》さんに連れていってくれた子猫は、痩《や》せてるだけで、けがはほとんどなかったそうで、猫缶をおいしそうに食べていた。

会社に戻っていったパパ以外のみんなで、居間でごはんを食べていたら、六時のニュースがローカルの話題の時間になった。

と、さっき雑誌で見た、ライオン頭の男の人の笑顔が、いきなり、テレビにアップで映った。

アナウンサーさんが、その人を紹介する。

『きょうは、世界的な演出家であり、劇団主宰者でもいらっしゃる、海藤剛史さんを取材しました』

街のきれいな紅茶屋さんで、ライオンみたいな人——海藤さんが、アナウンサーさんとふたりでお茶を飲んでいる様子が映る。

わたしは、ママにきいた。

「この人って、有名人？　偉い人なの？」

「有名人よ。ほら、『ちがいがわかるような男』とかいう缶紅茶の宣伝にでてたじゃない？」

「まったくもう」と、おばあちゃんが苦笑して、ママにいう。

「あんたも作家志望なら、少しは一般常識も知っときなさい。海藤剛史は、若い時代からずっと天才演出家として日本のトップで輝いている人よ。日本だけじゃないわ。ここ十年くらいは、イギリスを拠点にして海外をまわっていたはずだけど、つい最近、いきなり日本に帰国したらしいって、ネットで話題になってたの」

「へえ」わたしはおばあちゃんを見た。

「そんな有名人が、なんでこの街にきたの？」

まさにそのとき、その質問が流れた。

『今回、風早《かざはや》の街にいらしたのは、なにか、ご事情があってのこととうかがいましたが』

海藤さんは、ふっと笑い、いきなりカメラ目線になって、いった。

『わたしはヒロインを探しにきたのです。若き日のわたしの名作、ミュージカル「王女ローズ」のヒロインを演じるべき、新人女優を』

おばあちゃんが目をまるくする。

「あの、『王女ローズ』を再上演?」

「あ」と、わたしは思いだした。

さっき、歌の上手なお姉さんが落としていったタウン誌に、そのことが書いてあったのを。

『「王女ローズ」といいますと、海藤さんの初期の代表作といわれている作品ですね。放浪の王女が、夢と希望と未来をみつけるまでの物語』

『ええ。あれを上演したころはまだ二十代。今見るとへたな脚本ですが、わたしの原点のような芝居で、いつも心のかたすみにありました。

あれから気がつくと、わたしはそれなりに年をとり、それなりによい作品も作り、演劇の世界のなかで、それなりの地位に立つようになった。だが、ここへきて、過去の自分がもっていた、夢みるまなざしをわすれたような気がしてきたのです……』

海藤さんは、やわらかい目で、遠くを見た。

『自分の夢が見えなくなってしまったのですよ。願っていたことは、みな叶った。しなくてはならないことは、みなしてしまった。ほしかったものは手に入れた——ただ一つのもの以外は、ですけれど。

わたしはだから、夢みる瞳《ひとみ》をもった若い人々に出会いたいと思ったのです。歌や芝居を志す若者に出会い、その夢を叶えてやりたいと。そうすることで、もう一度、夢みる心に、ふれてみたいと……』

『しかしあの、そのようなオーディションをなさるのでしたら、東京のような、大都市でなさったほうが、人材が豊富なのでは？』

『この街は、思い出の街なのです。「王女ローズ」の原作者は、この街在住の作家の方でした。若いころ、旅人としてこの街を訪れたわたしは、この街でその原作と出会い、シナリオを書いたのです。そして、まだ若く、無名だったころのわたしと、わたしの劇団が、「王女ローズ」を最初に上演したのは、この街の公会堂だったのです。いわばこの街は、「王女ローズ」の街なのです』

『しかし、先々週にオーディションを行うと発表して、その四週間後――つまり、あと二週間でオーディションというのは、かなり急なスケジュールではないでしょうか？　募集の告知も、あまりできませんし、参加者のみなさんも準備する時間がたりないのでは？』

『運命は、ある日突然、訪れるものです』

海藤剛史は、きっ、とした眼差《まなざ》しで、テレビカメラをみつめた。

『わたしの中の天才が、この街にこそ、主演女優がいると、確信しているのです。

——ヒロインよ、あなたはきっと、二週間後にわたしの前に現われてくれると、信じています』

画面越しに指さされたヒロが、「びっくりしたあ」とのけぞった。

テレビは、コマーシャルに変わった。

おばあちゃんが、しみじみといった。

「天才肌で有名な人だからねえ。今回もきっとまた、思いつきで行動しちゃってるんでしょう。今さらだれにも止められやしないのよ」

わたしはハンバーグを食べながら考えた。

大人って、夢見る気持ちを忘れることもあるのかな、って、そんな風なことを。

夢って、一体なんなんだろう？

ごはんを食べておなかいっぱいになった子猫が、わたしの膝《ひざ》の上にのってきた。ごろごろのどを鳴らして、まるくなって眠った。

膝の上があたたかくなった。わたしはこの子が死ななくて、ほんとうによかったと思って、それから、ほうれん草をつついているヒロをそっとみつめた。

地球上のほとんどの人が、ヒロのことを知らない。一生出会うことも、存在を知ることもないままにすごすだろう。だってこの子は、日本の小さな街の、ごくふつうの男の子にすぎないんだもの。

でも、この子のささやかな勇気が、一匹の子猫の命を救った。そのことを、せめてわたしは覚えていたいなと思った。


『王女ローズ』のオーディションまで、あと十日になった日の午後。図書館から帰ってきたわたしに、ママが手を合わせていった。

「はるひ。一生のお願い、銀泉堂《ぎんせんどう》のエクレアを買ってきて」

「ぎんせんどう？」

「ママが子どものころ、テストでいい点とったりすると、おばあちゃんが買ってくれた高級なエクレアなのよ。三日月町《みかづきまち》商店街の裏のほうに、喫茶店があるんだけど、そのお店」

ママはささっと地図を描く。

「古い喫茶店で、マスターはやさしそうなおじいさんなのよ。昔、作家さんだったって人なの。あのエクレア、もう十年も食べてないんだけど、思いだしたら、食べたくてしょうがなくて。でもママ、来月の童話のコンテストのための、原稿を書かなきゃいけないいんだもん」

「いってもいいけど……。そのお店、今もまだそこにあるの？」

ママが子どものころからある古い喫茶店で、最後にエクレアを食べたのが十年前って。

ママは、ひょいと首をかしげて、笑った。

「たぶんまだあるんじゃない？　銀泉堂は永遠になくなることはないような気がするのよね。なんていうか、魔法っぽいお店だから」

いいかげんだなあ、と思ったけど、わたしは地図を受け取った。

春の午後。自転車で街を走るには最高の季節だ。そよ風をきって走ってゆくと、いつもの公園の桜の木の枝の上から、

『はるひ、はるひ、どこにいくのですか？』

と、神さまの高い声が呼びかけてくる。

「知らない街へ冒険に。神さまもいきます？」

『おっけー。れっつごーですわよ』

菜の花色の着物の袖《そで》がひらめいて、アカネヒメが自転車の上に舞いおりてくる。ふわりと、小鳥みたいに。

アカネヒメは、まだ子どもの神さまだから、ほんとうは、よりしろの桜の木のそば

を離れられないんだけど、少しだけ不思議な力をもつわたしといっしょにいれば、どこへでもいくことができるんだ。

わたしと神さまは、街を風になって駆け抜けた。街路樹も、遠くに見える山の木々も、春のやわらかい緑色になっている。空気があまい。

あの日のさよならが
今も耳に残るけれど
愛しさを心の翼にして
ほほえんで旅にでよう
幸せをさがして

わたしは口ずさんだ。夕焼け空の下、あのお姉さんがうたっていた歌を。

「あの歌、もう一度、ききたいなあ……」

わたしは、自転車の方向を変えた。足を地面について、ママの描いた地図を見る。

「ええと、この路地を入るんだよね？」

古い商店街のそばの、お店の裏側が見えている狭い通り。割れたアスファルトが敷いてあって、木の塀《へい》で囲われていて。酒瓶や、プロパンガスが置いてあるようなあたりを抜けていくと——。クリーニング屋さんや酒屋さんの間に、そのお店はあった。

喫茶店、銀泉堂。いかにも歴史がありそうな、古めかしいお店。

わたしは自転車をおり、歌の続きを口ずさみながら、お店に近づいた。店の中にひとけはない。いや、ないように見えたんだけど——ガラス窓ごしに人の姿が映った。

くるくる巻き毛のかわいい女の人だ。なんだか、ひらひらのちょうちょみたいな、ミニ丈のきれいな服をきている。

その人は、わたしを見ると、ひとことといった。

『歌、へたくそね』

つぎの瞬間には、その人の姿は消えた。

わたしはめんくらいながら、ガラスのドアを押して中に入った。

その人はいない。ただ骨董品《こっとうひん》がかざってある薄暗いお店の中で、柱時計が静かに時を刻んでいるだけだった。

わたしは、アカネヒメと顔を見合わせた。

「——今の、幽霊《ゆうれい》だよね？」

わたしはそういうのを見るほうだから、今さら驚きはしないけれど、でもいきなり現われて、人の歌をへたっていうことないよね？

「いらっしゃい」と、そのとき、やわらかい声がした。

わたしは声のしたほうを振り返り、あれ、と思った。

店の奥の暗がり――カウンターの奥に、笑顔のおじいさんがいる。その人になぜか、ふわふわの毛なみの、ペルシャ猫の姿が、かぶさって見えるんだ。

わたしは目をこすりながら、お店のおくに歩いていって、その人の顔を見上げた。

うん。ただのやさしそうな、人間のおじいさんだ。

「エクレア、ありますか？」

「エクレアを好きな街の人たちがいる限り、永遠に、ここのエクレアはありますよ」

カウンターのそばに、ケーキが入った冷蔵庫があった。

そこからおじいさんはエクレアを出してくれた。チョコがたっぷりかかったエクレアに、サクランボの形のゼリーがかざってある。うわ。おいしそう……。

ふと、わたしは気づいた。壁に、セピア色に変わったポスターが、飾ってあるということに。

『王女ローズ』と書いてある。

「このお芝居、再演されるんですよね？」

「ほう」と、おじいさんが目を細めた。「またあの芝居を見ることができるのですか」

「そうなんですって。ライオンみたいな髪の、ええっと海藤さんっていう有名な人が、ヒロインを選ぶんですって。なんと、この街で」

「海藤剛史くんですか？　ライオンのような髪か。彼も変わりませんね。きっと演劇への情熱も、若いころと変わらないんでしょうねえ」

と、おじいさんは笑った。懐かしそうに、言葉を続けた。

「昔、この街で最初にあの芝居を上演したころに、この店に、彼はよくきていたのですよ。頼むのはいつも、エクレアとシナモンティー。それ、その窓ぎわの席に座ってね、仲間たちと、演劇論を闘わせていたものです。主演女優と手を取り合ったりもしていましたが、あれはかわいそうに、悲恋《ひれん》に終わってしまいましたね……」

「悲恋？」

「恋というものはすれちがうこともあるものです。女優さんは、のちにほかの人と好き合い、結婚して、引退してしまったそうで。

だから彼女の代表作は、若いころの『王女ローズ』一作きりです。鳴瀬弥生《なるせやよい》――それは美しく、すばらしい女優でしたけれど」

わたしは思い返した。ニュース番組で、あの演出家さんが話していたことを。たった一つ、叶えられなかったという願いのことを。

「あの原作はね、お嬢さん、わたしが書いたんですよ。『王女ローズ』は、若いころ売れない作家だったわたしが、ただ一冊出版した作品です。それが古本屋にでていたのをたまたま海藤くんが見つけて読んで、脚本にしたいと店に飛び込んできたのです」

おじいさんの目は、扉をみつめた。

「あれは作者にとって青春の夢のような物語でした。ですから、あの日、彼がここにきた日、わたしはほんとうに、うれしかったですね」

店からでるときに、おじいさんはわたしとそして、アカネヒメに、「ありがとうございました」と、いった。アカネヒメを見ることができる人間は少ないと思うのに、おじいさんにも神さまが見えたらしい。

帰り道、わたしは自転車をおして歩きながら、考えてた。あのおじいさんもまた、過去に夢を持っていた人なんだなって。

昔作家になりたくて、でも今は喫茶店を経営していて、だけど幸せそうだった。夢って、叶わなくても幸せになれるものなのかな?

その日、晩ごはんのあと食べたエクレアは、魔法のようにおいしくて、ママはほおばりながら、「ああ昔と同じ味」と涙ぐんでいた。

おばあちゃんが、ふといった。

「ほんとうにあそこは、昔からあるわねえ。わたしがまだ若いころから、あそこのマスター、もうおじいさんだったような気がするんだけど」

夜おそくになって、わたしは自分が落としものをしたことに気づいた。ジャケットのポケットに入れていたカセットテープがない。

友だちのひとり、まほちゃんから、誕生日プレゼントにもらったカセットテープだった。まほちゃんのお気にいりの曲が何曲も入っている、世界でたった一本のカセットテープなんだ。

やっぱりない。どこで落としたんだろう？

自転車に乗って遠い街にエクレアを買いにいって……あの古い路地を曲がるそのとき、自転車を止めたときに、なにげなくポケットに手を入れたのを思いだした。うん。あのときは確かにあった。

ということは、落としたのはあの路地から喫茶店の間——でなきゃ、帰り道で、だ。

わたしは時計を見た。夜の八時だ。そとは真っ暗。どうしよう?

ママは原稿を書くために部屋にこもっている。おばあちゃんは部屋にインターネットをしにいった。ヒロは子猫といっしょにベッドでもう眠っていて、パパは今夜もまだ会社から帰ってきていない。

わたしはジャケットをはおると、家をでた。自転車にとび乗った。

ライトが道路を照らす。車輪が音をたてる。風が寒い。

自転車をとばしていると、どうしたって、途中で西公園のそばを通りすぎる。すると、アカネヒメが自転車の上に舞いおりてくるのもいつものことで——。

『こんばんは、はるひ。春の夜のお散歩ですか?　風流ですわねえ』

「ええとそうじゃなくて。ちょっと探しものがあって……」

住宅街の街灯の下をぬけ、バス通りを走り、そして、あの路地を目指す。アカネヒメもいっしょに探してくれたけれど、カセットテープはどこにも落ちていない。あわててたどりついた三日月町の路地のそばで、女の人にぶつかりそうになった。

自転車を止めたけれど、女の人は、倒れちゃった。

「大丈夫ですか?」と、自転車をおりて、その人を見たら、眼鏡を拾い上げるその人は、どこかで会ったような……。

同時に気づいた。

「あ、夕方の西公園の――」

女の人の顔が、街灯の明かりでわかるほど、さあっとまた赤くなって、俯《うつむ》いた。

「あの、あのときお姉さんが落とした雑誌、わたし拾って、家にもってますけど」

「あ、ありがとう……」

お姉さんはおどおどと目を上げてそういうと、ためらうようにしながら、

「あなた……このあたりに住んでいる子だったの？」

「いえ、遠くです。今はわけありで」

「あの、子どもは、こんな夜遅くにね、ひとりで路地裏にいたりしちゃいけないと思うの。早くお家に帰りなさい」

ひとりで、といってるということは、このお姉さんにはアカネヒメは見えないらしい。まあそれがふつうなんだけど、アカネヒメは、ちょっとつまらなそうに口を尖《と》がらせた。

「あのう、それをいうなら、若い女の人もこんな時間に路地裏にいちゃいけないと思うんですけど？」

わたしがいうと、お姉さんはもじもじと、

「その、わたしも、わけありで……探しものが、あって」

「え、実は、わたしも探しものが」

わたしたちは、ふたりで笑ってしまい、おたがいに名乗りあった。お姉さんの名前は、夢子《ゆめこ》さんというそうだ。すてきな名前。

「夢子お姉さん、わたしが探してるのは、大事なカセットテープなんです。どこかで落としてしまったの」

「……わたしが探してるのは、お店なの。わたしの母が若いころ好きだった喫茶店が、この近くにあるはずで……。この春から、この街にきたわたしは、時間ができるごとにそのお店をさがしているのに、どうしても見つけられなくて。銀泉堂っていうお店なの」

そこならわたしだって用がある。カセットテープは、お店で落としたかもしれないんだ。夜だから、あいてるかどうかわからないけど。

路地を抜けていく。――そして、そのお店はあった。まだあいていた。まわりの店がみんな明かりを落としているなかに、一軒だけ、ほのかに青白い光を灯《とも》して、そこにあった。

なんだろう？　昼間とはどこか感じがちがう。なにか怖い。

わたしたちは、お店のガラスの扉をあけた。

わたしは、ぎょっとした。その中にいたのは――幽霊ばかりだったんだ。たくさんの幽霊たちが、音楽が流れるなか、和やかにお茶を飲んだり笑ったりしている。

うしろに戻ろうとしたんだけれど、そういうのが見えないらしい夢子さんは、気にせずに中に入っていく。わたしは後を追いかけて――なにかきいたことがある音楽が流れてると思ったら、この曲順、わたしが落とした、まほちゃんのテープ？

「あ、あの、この音楽は……」

わたしがいうと、銀泉堂のマスターが、奥のほうからやってきて、「こんばんは」といった。

「お嬢さんだったんですか？　これを忘れていったのは？」

幽霊のお客さんたちが、にこにこと笑う。『こんばんは』とか、『なかなかいい選曲だね』とかいいながら。そこには若い人も年とった人も、会社員風の人も、学生さんみたいな人もいた。さっき会った、あのちょうちょみたいな服を着た、女の人もいた。

幽霊でも怖くはなかった。みんな楽しそうで、親しげに見えた。わたしや夢子さんを、やさしく、懐かしそうに見つめている。

あの、と、夢子さんがあたりを見まわした。

「だれもいませんよね？　なにか……人の気配がする……けど？」

『せっかくですから、見せてあげましょう』

　アカネヒメが、夢子さんの手を取った。夢子さんの手が、ぴくんとふるえた。

　アカネヒメの手から、金色の光が散った。そこを中心に、部屋の中が明るくなっていく。夢子さんは目を見ひらいて、そこにいる人たちを見た。驚いたように手を口もとにあてた。

　きれいにお化粧したお姉さんの幽霊が夢子さんにいう。

『こんばんは。あなたを知ってるわよ。このごろ近所の市場のお花屋さんで働きはじめた子よね？　朝早くから夕方までがんばってるの』

　会社員風の人が頷《うなず》いて、

『住んでいるのは、三丁目のアパートで、いつも、早朝、月がでているころに出勤してる。人が眠っている街を、そっとうたいながら』

　おばあさんが、ほほえんで、

『夜、人のいない公園で、ブランコを揺らしながら、うたっているのもききましたよ。それはもう、きれいな声でうたうのよねえ』

「どうして？」と、夢子さんは顔を赤くして、くちびるをふるわせた。

「なんでそんな……わたしのことを」

　お化粧のお姉さんがいった。

『あたしたちは、幽霊。今はこの街の風になって、街の様子を見ているのよ。見守っているの。あたしね、昔、あの市場のお化粧品売り場で働いていたのよ。だから今もあそこにいくの。毎日通うの。病気で死んでから五年も経ったんだけどねえ。やっぱりお店の様子は気になるのよ』

　会社員風の人がいう。

『おれも三丁目に住んでたんで、昼間はよく、あのへんをふらふらしてるんだよ。当時、えさをやってた野良猫たちの様子を見にとかね。今はもうひ孫の代になってるけど』

　おばあさんがつづけて、

『生きていたころ、公園に散歩にいくのが、わたしの日課だったんですよ。だから今もね、いくんです。人間、死んだくらいのことで、毎日の習慣は変えられませんものね』

　そうそう、と、そのほかの幽霊たちも、楽しそうに笑った。

　お姉さんが、うたうようにいった。

『まあでも、夜はさびしくなるからね。この店で幽霊どうし、集まってさわぐっていうわけ。ここは街でうわさの幽霊喫茶なのよ。タウン誌やガイドブックには載っていないけどね』

にこ、と銀泉堂のマスターが笑って、そうして、わたしと夢子さんを、カウンターに呼んだ。

「まあ、ホットミルクでもいかがです？」

わたしは椅子に座って、じっと見上げた。

「あの、おじいさんは、幽霊じゃないですよね？」

「ちがいます。でも、化け猫です」

にやっとおじいさんは笑った。その顔に、白いペルシャ猫の笑顔が重なって見えた。

「どうやら、お嬢さんたちは、お化けと接しても怖がらないたちの人らしい。ですから事情をお話ししますが、銀泉堂の初代マスターは、二十年前に亡くなりましてね。わたしゃ、彼の飼い猫だったんですよ。マスターは、この街と店とエクレアを、そりゃあ大事に思っていたけれど、あとを継ぐ人もなし、さみしそうに死んでいったんですよ。

で、わたしが妖怪《ようかい》になり、あとを継いだというわけです。わたしもこの店と街とエクレアと、なによりも主人が大好きでしたからね」

ところで、と、マスターは鼻をくんくんと鳴らして、

「そちらの長い髪のお嬢さん、あなたにはどうも、前にもお会いしたことがあるような」

「……え……あの、でも、わたしはここは今夜が初めてで」

わたしやアカネヒメはともかく、夢子さんはたぶん、怪奇現象には慣れていない。きっと話と現実についていけてないんだと思う。ぼーっとした顔になって、ただ質問に答えていた。

マスターが、「失礼」と手をのばしてその眼鏡をはずした。

幽霊たちが、顔を覗《のぞ》き込む。それぞれにざわめく。『なんかどこかで見た顔だよなあ』『どこで見たかしら』なんて声。

お化粧のお姉さんが、手を打っていった。

『わかった、あれよ』と、壁を指さす。

みんなが振り返る先に、『王女ローズ』のポスターが。そこには、ゆったりとほほえむ、華やかな女優、鳴瀬弥生の笑顔があって……。

確かに、似てるかも――でも、似てない。

わたしと、そして幽霊さんたちは悩んだり首をかしげたりした。お姉さんが叫ぶ。

『よく見てよ。顔の土台が同じなんだってば』

おどおどと、夢子さんがいった。

「あの、鳴瀬弥生でしたら、わたしの死んだ母です。昔、このお店によくきていたといいますから、それで、マスターの……化け猫さんには、お目にかかっていたのかも。でもわたし、母には……似てなんか」

「そうですか？　そっくりに見えますよ」

化け猫マスターは、にっこりと笑った。

『そうよ』と、お化粧のお姉さんがいう。『ねえねえ、お化粧してみましょう、あなた、土台がいいから、きれいになるわよう』

そのとき、あのちょうちょの服のお姉さんがいった。

『メイクしたってだめよ。人間は気合いと気力。そんなにおどおどしてる子はね、自分で幸福を捨ててるの。きれいになんかなれないわ』

夢子さんが、びくっと体をふるわせた。

お化粧のお姉さんが、慌《あわ》てたようにいう。

『ちょっとルミ子さん、そんないいかたって』

『わたしはね、千種《ちぐさ》さん。生きてるくせに生気がない人間ってのは、腹立つのよ、すごくね』

かわいいお姉さんのルミ子さんが、夢子さんをにらむ。

『生きてるくせに、なんでもできるくせに、あなたは、どうしてそんなに弱々しい目、してるのよ』

それから、ふわりと身をひるがえし、遠くの壁に背中をつけて、窓の外の夜景を見た。

「許してあげてくださいね」

マスターが、静かな声でいった。

「ルミ子さんは悲しい人なんです。あの子は、十数年前に、あと少しで、トップアイドルというところまでいった子だった……。

それがね、思いがけない交通事故に遭って、死んでしまったんですよ」

会社員風の人が、しみじみと、

『光岡《みつおか》ルミ子っていったら、当時は雑誌にもテレビにもでてて、売れっ子だったんだよ。かわいいし、歌もそりゃあうまかった』

あ、と、わたしは思い出した。昼間、わたしの歌をへただといったあの人は、ほんとはこういいたかったのかもしれない、と。

——せっかく生きてるんだから、もっと上手にうたってちょうだいよ、と。わたしにはもう、うたうことができないんだから、と。

夢子さんが涙を流した。ぽろっとひとすじ。それがあんまり急だったので、わたしもそして、幽霊さんたちも息をのんだ。

湯気を立てるホットミルクを前にして、夢子さんは、呟《つぶや》くようにいったんだ。細い、とぎれとぎれの声で。

「……歌が好きな人が、もう歌えないって、悲しいことですよね。夢を諦めるのも、辛《つら》いことですよね。不幸なことなんですよね」

マスターが、ゆっくりと答えた。

「それはまあ、人によると思いますが。なぜ、そう思うのですか？」

「母さんは……鳴瀬弥生は、わたしを産むために、女優をやめたんです。そのあとすぐ、父さんと別れて、女手一つでわたしを育てるために、田舎の町で、いろんな仕事をして……去年、病気になって、死んじゃったんです。貧乏なまま、だれからも忘れられたままで」

夢子さんは、ぽたぽたと涙を落とした。

「ずっと、子どものころから悲しかったんです。わたしがいるばっかりに、母さんはきれいな指をがさがさにして、働いてるんだって。

だからわたしは、せめてこの手で、母さんを幸せにしてあげたかったのに、そのために一生懸命、勉強もがんばったのに、母さんは去年死んじゃって。それでもうわたしは、大学受験をやめて、いくところもないし、この街にきたんです。母さんの思い出の街に。

でも、ここにいても、辛いばかりです。わたし、なにをしたらいいのか、わからない。どう生きていったらいいのか、わからない。

母さんも、どこかで、幽霊になっているのかもしれない……。うたいたいのに、うたえないままで。夢を捨てたのが悲しくて」

幽霊さんたちは、静かに、夢子さんのことを見つめていた。わたしはふと思った。ひょっとしたらそれぞれが、残してきた家族や恋人や、友人のことを思っているのじゃないかなって。

お化粧のお姉さんが、明るくいった。

『元気だしてよ。あたし、大野《おおの》千種っていうんだけど、自分がどうして幽霊になったか、わかってないから。気がつくと、こうなってたってだけで。だからあなたのお母さんが幽霊になったかどうかだって……』

『千種さんって、勘《かん》がにぶい人よね』と、ルミ子さんがいった。『それ、ぜんっぜん、フォローになってないわ。だから、市場の美容部員はだめなのよ。デパートにカウンターがあるような、一流の外資系ブランドの美容部員なら、そんなこといわないわ』

千種さんが、うでまくりして振り返る。

『ええ、どうせあたしは市場で、おばちゃん相手に化粧品売ってたわよ。でも、それなりにポリシーもって売ってたんですからね』

『ポリシーがあってもセンスはないのよね』

ルミ子さんが、めんどくさそうにいった。

『あのね、そこのダサイ女の子。夢子ちゃん？　よく覚えておきなさい。そりゃ夢は、叶うに越したことはないわよ。でもね。自分で諦めた夢は、大切にしまっておくこともできるのよ』

「しまっておく……？」

夢子さんは、言葉をくり返した。ルミ子さんは、ため息まじりに、

『わたしが生きていたころね、おなじ事務所の、先輩歌手が引退したの。結婚がきっかけでね。先輩はいったの。夢を忘れるんじゃない、すてるんでもない、しまってお

くんだ、って。大切に大切に、心のおくの箱にしまっておくんだって。思い出を宝石にして。あなたのお母さんもきっと、そうしたんだと思うわよ』

『あんたって』と、千種さんがいった。

『じつは、いいやつだったの？』

『じつは、は、よけいよ』

ルミ子さんはそういうと、夢子さんのそばにいき、カウンターに手をついていった。

『いい？　生きている人間には、未来がある人間には、幸せになる義務があるの』

ルミ子さんは、夢子さんにせまる。

『だいたいあなたはなによ？　歌が上手なんですって？　おまけに伝説の女優とまでいわれた鳴瀬弥生の娘なんですって？　顔立ちも地味だけど、まあまあ悪くないじゃない。そんなに恵まれた人が、どうして、いじいじめじめ生きてるのよ？　夢でも見つけて、そう、この際、お母さんのあとを継いで、それを越える大女優でも目指してみなさいよ』

夢子さんは、瞬きして、ルミ子さんを見つめた。そうして、力なく目をそらした。

「小さいころは……その、歌手や女優になりたいと思ったこともありました。母さんに習った歌をうたうと、母さんが喜んでくれたし……わたしはうたうのが、ほんとうに好きだったから。

でも、わたしのために、母さんは苦労して——死んじゃったんだと思うと……。それに、わたしは母さんとちがって、美人じゃないから」

『そんなこといわないの』

ルミ子さんと千種さんが同時にさけんだ。

ルミ子さんが、自分の目を指さす。

『自慢じゃないけど、この目はプチ整形してるし、まつ毛だって、つけまつ毛よ。歌だって音痴もいいとこだけど、いつだってのりのりでうたってたわよ。うたうことが好きだったから』

千種さんが、にっこりと笑う。

『夢子さんの雰囲気が地味に見えるのはね、お化粧してないからと、俯いてるからよ。あなたは、とても深いまなざしをもってる。きちんとメイクして顔さえ上げれば、印象的な表情になる。お母さんに似てて、でもちがう美人になれる顔よ』

夢子さんは、少しだけ顔を上げた。ほほが赤らんでいた。でもまた俯いてしまう。

幽霊さんたちとわたしがため息をついたとき、

「幸せはね、空から降ってくるんですよ」

マスターが、やさしい声でいった。

「だから俯いて歩いていると、幸せを拾いそこねてしまう――わたしの主人が、『王女ローズ』の原作の中で書いた言葉です。

わたしなんか、というよりも、わたしのためにだれかが不幸になった、というよりも、あなたはあなたのために生きたほうがいい。顔を上げて、自分の幸せをつかんでほしい。それが、夢とひきかえにしてもいいと思えるほど、あなたを愛した人への恩返しになるのでは？」

幽霊さんたちが、それぞれにほほえんで、夢子さんを見つめた。

わたしは、そっと、夢子さんの腕をつかんで、見上げていった。

「幸せにならなきゃ、いけないんだよ……」

わたしたちは、幸せにならなければいけない。このやさしい幽霊さんたちの分まで。もう、夢を追いかけることができない、街をめぐる風になった人たちの分まで。

言葉にならなかった思いを、夢子さんはききとってくれた。だまって頷いた。そして、いった。

「わたし……わたし、歌が好きです。母さんみたいに、なりたかったんです。ずっと昔から。子どものころから変わらずに」

顔を上げて、はっきりといった。

『よーし、よくいった』

千種さんが夢子さんの肩をたたく。いや、たたこうとしたんだけど、そこは幽霊なので、手がふわりとすりぬけてしまう。そのことが、わたしは悲しかったんだけど、幽霊さんたちはもうなれてるのか、あるいは諦めているのか、みんな笑顔のままで。

会社員風の人がいった。

『おじょうちゃんの歌は、気持ちいいんだよ。三日徹夜したあとの疲れだってとれるような、癒しの歌なんだよ。だからうたってくれ。それを職業にして、いろんなやつにきかせてくれ』

おばあさんが、にこにこと。

『むかーし、子どもたちにうたってやった歌を、久しぶりに思いだすような声だよねえ。きいたらみんながやさしくなれそうだよ』

わたしは、続けていった。

「あのね、夢子お姉さんの歌をきいたらね、元気がでたの。悲しくて泣きたかったときだったのに、それを忘れられたの。わたしはね――わたしも、あの歌と声を、みんなにきいてほしい」

夢子さんの歌声を知らない幽霊さんたちが、ききたいな、おれも、わたしも、と、ささやきかわした。

夢子お姉さんは、顔を赤くして、胸もとでふわりと手をにぎりしめ、そうしてうたった。

思い出の森のおくの
思い出の歌をさがしに
わたしは旅にでよう

悲しかった記憶も
とげのような言葉も
ポケットにおしこんで
顔を上げて歩きだそう
あの日のさよならが
今も耳に残るけれど

愛しさを心の翼にして
ほほえんで旅にでよう
幸せをさがして

幽霊さんたちは、うっとりときいった。笑顔で、あるいは少し悲しげに。寄り添いあったり、離れたりして。

歌い終わると、みんなが拍手《はくしゅ》した。ブラボーと叫ぶ人もいた。

マスターが、深く頷きながらいった。

「『王女ローズ』の劇中歌、メインテーマですね。城を追われ、平民に身をやつしたローズが、おちのびる旅の途中にうたう歌です」

わたしは、マスターにきいた。

「『王女ローズ』って、どういうお話なんですか？」

「豊かな王国の王女だったローズが、臣下の裏切りによって両親を失い、孤児になります。平民に身をやつして街で暮らすうちに、城では知ることのなかった城下の人々のあたたかさややさしさにふれます。一方、王国は国をうばった家臣の手によって、荒廃《こうはい》し、疲弊《ひへい》してゆきます。

やがて革命が起きることになり――ローズは身分を隠したまま、それに加わります。かつて覚えたさまざまな知識があったからです。そして、国に対する責任感があったからです。ほんとうは人びとの陰に隠れていることもできたのに、勇気を奮い起こしてみずからも戦ったのです。

そうして、ローズは国民たちを勝利に導き、その国は平和な国になります。でもローズは下町にもどり、花売り娘になるのです」

わたしは頷いた。そうか、あの歌は、これからの未来を夢みる人の歌なんだ。幸せをなくし、また、探しにいく人の歌なんだ。

ルミ子さんが、少しだけ悔しそうにいった。

『ま、たしかに歌がうまいんじゃない？』

千種さんが、うでで涙をぬぐいながら、

『感動した……。あたしも、幸せをさがして旅にでたくなったわ』

そうね、いやまったく、と幽霊さんたちは笑い合う。もう、そんな日はこないとわかっていても、この人たちは明るく笑うんだ。

わたしは泣きたくなった。こんな人たちがいるということを、だれも知らない。やさしくてあったかくて、笑うのが好きな人たちが、ここにいることを、だれも知らないんだ。街の人たちには、ふつう、幽霊は見えないから。こんな風に出会うことができないから。そのことが、むしょうに悲しかったんだ。

そのとき、会社員風の人がいった。

『今度、そのミュージカルの主演女優のオーディションがあるんじゃなかったか？』

あ、そういえば、と、みんなが頷く。

わたしは、夢子さんにいった。

「お姉さん、受けてみたら？　ね？」

夢子さんの目が、一瞬だけ、俯いた。けれど、やさしい幽霊さんたちに見つめられているうちに、その目をすうっと上げた。

「受けてみる……受けてみます、わたし」

帰り道、暗い街なかで、アカネヒメはぽつんといった。

『人間とは……儚《はかな》いけれど、強いものですね』

わたしは、夢子さんとならんで、自転車をおしながら、頷いた。

世界にはたくさんの人がいて。夢を抱いたまま、死んでしまう人もいて。そんなとき、願いごとは地上から消えてしまうみたいに思えるけど、そうじゃなくて、どこかで風のように吹きすぎているのかもしれない。銀泉堂のような場所で、失われた人々は笑っているのかもしれない。通りすがりの見知らぬだれかの幸せを祈って。その人が夢を叶えられますようにって。幸せになれますようにって。

夢子さんが、ふと振り返ってほほえんだ。

「あのね、わたしも昔、大切にしていたカセットテープがあったの。若いころの母さんの歌声のテープ……」

「鳴瀬弥生さんの？」

「そう。母さんの帰りが遅いとき、さびしくてしょうがなくなったときに、わたしはひとりで母さんの歌をきいたの。くりかえしきいていたの。

そしたらいつでも元気がでたの。それが、学校でいやなことがあった日でも、近所の人たちに、お父さんがいない子だって指さされた日でも、歌をきけば勇気がでて、母さんが帰ってくる時間までには元気になれたの。

母さんの歌は、魔法の歌だった。わたしもあんな風にうたいたいって、ずうっと思っていたの」

わたしはかたわらを歩く夢子さんを見上げた。今その人は、星空を見上げるように、顔を真っすぐに上げて歩いていた。

オーディションまでの日々の、忙しいことといったら。幽霊さんたちは、みんなで夢子さんの先生役をつとめることになったんだ。

ルミ子さんが、腕組みをして、

『いくら素材がよくて歌がうまくても、それをさらにみがかないと落ちるのがオーディションってものよ。ぎりぎりまで練習しましょうね』

『メイクはあたしが教えてあげる。え？　お化粧したことない？　おまけに、なにももってない？　コンビニに売ってるのでいいから、おねがい、ひととおり、いろいろ揃えてきてよ』

千種さんが、手をあわせる。

マスターは原作の心について、夢子さんに解説し、会社員だったお兄さんは、面接のときの心得について話し、おばあさんは、夢子さんが疲れると、そばに黙って座ってあげていた。

わたしはアカネヒメといっしょに、毎日、明るくきれいになってゆく夢子さんを見ていた。それはまるで花がひらいてゆくみたいだった。

そして、オーディションの日がやってきた。

二日つづくオーディションの、初日の書類審査と面接は、夢子さんはクリアした。急な募集で人の数は少ないかと思ってたら、それなりに数は多かった。都会からかけつけたような華やかな人たちも多かったのはびっくりだったけれど、それがつまり、大演出家、海藤剛史のオーディション、ということなんだろう。

そして二日目。最終選考。二十人に絞られたヒロイン候補たちが、歌や特技を競うときになった。

会場は、風早中央公園の野外劇場だった。そこは、公園の奥まったところにあって、白やピンクの満開の桜の花に包まれた場所だった。

その日は朝から、あいにく天気が悪かったけれど、たまに強く吹く風が、桜を散らして、その様子がすてきだった。

地元のテレビ局や雑誌が話題にしたこともあって、オーディション会場には、たくさんのお客さんが訪れた。あたりは、まるでほんとうの舞台劇が上演されるような感じに賑《にぎ》わってた。

わたしはアカネヒメを連れて、楽屋を訪《たず》ねていった。夢子さんは、ルミ子さんの見立てた服を着て、千種さんに教えられた通りのメイクをして、ほんもののお姫さまみたいにきれいだった。

まわりには、テレビで見たことがあるような人たちもいたんだけど、そんななかで、ぜんぜん負けてなかったし、だれよりも美しく見えた。

わたしは夢子さんと握手した。がんばってね、がんばるわ、と目で会話した。

野外劇場の客席のあたりには、やさしい幽霊さんたちや、銀泉堂のマスターが、ひっそりと応援にきていた。わたしはVサインをして走っていきながら、「楽勝ね」と笑っちゃってた。

ところが。オーディションが始まるとき。ステージの上に全出場者が並んだときに、意外なことが起こった。ステージに、だれかの歌声が流れたんだ。それは怖いくらいに透き通る、妖精みたいな歌声だった。参加者たちはざわめき、客席の人びとも、どよめいた。

ステージの上の審査員席で、マイクを手にとった海藤剛史がいった。

「これが、初代ローズ、鳴瀬弥生の歌声です。天使のやさしさと強さをもった声でした。この歌声は失われてしまいましたが、新しいローズは、果たしてどのような声をきかせてくれるでしょうか？」

わたしははっとした。ステージの上で、まるで花がしおれるように、夢子さんの表情が、暗く、悲しくなっていくのが見えたから。

オーディションが進んで、いざ、夢子さんの番になったとき、ステージの中央に歩いてきた夢子さんは、さっき楽屋にいた夢子さんとはまるで別人だった。うつむいて、弱々しく、目さえ上げなかった。審査員の先生たちが、お互いに、なにかささやきかわすのが見えた。

司会のアナウンサーさんが、笑顔でいう。

「十八番、佐藤《さとう》夢子さん。特技は歌、ということでしたね。これはまたストレートな。ではどうぞ。メインテーマ『旅だちの歌』」

カラオケが始まる。でも夢子さんは、顔を上げないままだった。

わたしにはわかった。お母さんの声が、夢子さんの自信をくだいたんだ。そして、こんなに歌が上手だった人を、華やかな舞台から引きずり降ろしたのは自分だとか、またぐるぐると考え始めてしまったんだ。

アカネヒメが、心配そうに、わたしにきいた。

『ねえはるひ、なぜ夢子はうたわないの？　ほらもう、あの歌の伴奏が始まっているではないですか？』

客席にいた街の人びとが、ざわざわとさわぎ始めた。夢子さんは顔をふせたままだ。

カラオケは進んでゆく。

そのときだった。急に雨が降りだし、雷が落ちた。ステージにともっていた光は消え、カラオケは止まった。お客さんたちは降りだした雨に右往左往し、ステージには主催者の人たちが、慌てた感じで集まりはじめた。

夢子さんは、ぽつんとステージの上にいた。雨にぬれた小さなすずめみたいだった。

お客さんたちが、帰ってゆく。わたしは、叫んだ。思わず、立ち上がっていった。

「か、帰らないでください。夢子さんの歌をきいて……」

そのとき、アカネヒメが、すっくと立ち上がった。そして、金の鈴の杖をふった。

公園の桜の花びらが散った。花びらは風にのって空を流れた。

あたりが桃色にそまる。花の嵐だ。公園に集まっていた人びとは、その不思議さ美しさに声を上げ、帰るのをやめて空を見あげる。

ステージの上で、夢子さんは、ただ、花吹雪を見つめていた。その視線が、ふと上に上がる。わたしも振り返り、そして見た。

それは、あの古いポスターの人、鳴瀬弥生の姿だった。いいえ、年をとって、ずっと地味になっていたけれど、少しやつれていたけれど、とてもきれいな女の人の姿が空に浮かんでいたんだ。

その人は、ほほえんだ。なにもいわずに。そして消えていった。

それでも、わたしには、そして夢子さんには、わかった。わかったんだ。その人がいいたいこと、夢子さんにいいたかったことが。

金の鈴の杖を手に、アカネヒメは振り返る。夢子さんを見つめて、そしてうたった。やさしく、語りかけるように。

あの日のさよならが
今も耳に残るけれど
愛しさを心の翼にして
ほほえんで旅にでよう
幸せをさがして

幽霊さんたちも、うたっていた。アカネヒメといっしょに。夢子さんを励ますように。

夢子さんは、頷いた。アカネヒメに。みんなに。そしてたぶん、消えていったお母さんに。顔を上げて客席を見つめた。桜吹雪がうずまく空を見あげて、そしてうたった。『旅だちの歌』を。

あの日のさよならが
今も耳に残るけれど
愛しさを心の翼にして
ほほえんで旅にでよう
幸せをさがして

それはすばらしい歌だった。

人びとは拍手した。耳が痛くなるくらい、拍手の音が渦《うず》を巻いた。

でも、一番強く拍手して、喜んだのは、海藤剛史本人だったにちがいない。その人は椅子をけとばして立ち上がり、大きく手を打ちながら夢子さんのそばに近づくと、その手をとって、「運命がここに」と、叫んだのだった。


そして、そのつぎの日――。

西公園の赤い桜は散り始め、わたしは、昼下がりのベンチで、アカネヒメといっしょに空を見上げながら、缶ココアを飲んでいる。

「夢を、みつけたんです」

と、わたしはアカネヒメに話す。

「わたしは、自分が出会ったいろんな人の話を、ああ、神さまや、幽霊さんたちのことも、覚えていたい。そしてね、覚えるだけじゃなく、人に教えたいな、と、思ったんです。文章にして、残しておこうと思ったの。

不思議な出来事が多いから、読んだ人は、ほんとのことだとは思わないかもしれない。小説だって思うかも。でも、それでもいいかな？

神さま、わたしはね、自分が出会った人びとの思い出を、わたしの中だけでおしまいにしたくないんです。みんなにも知っていてほしいの。こんな人がいた、こんなやさしい出来事があったって教えたい。そして、みんなに、わたしがそうだったみたいに、もっと、人間と、この世界を好きになってもらいたい。この世界に生きててよかった、ここで幸せになりたいって思ってもらいたいの。

あした、六年生になるわたしの、これが、やっとみつけた夢です」

アカネヒメは、黒曜石《こくようせき》みたいな目で、わたしの顔をじっと見つめた。そして、少しだけさびしそうな笑顔で、でもはっきりといった。

『あたくしも、覚えていましょう。いつか、はるひとの別れの日がきても、忘れないように。この世界にこんなにやさしい子がいたのだということを、永い神の寿命の限り、覚えていられるように。そうして、未来のだれかに話せるように。

はるひ。そなたと出会えてよかった。そなたがいるからこそ、あたくしは、自分が守るべき街を、より愛することができるのです。

ありがとう、はるひ。やさしい人の子よ』

ふわりとふいたそよ風に、赤い桜の花びらが散る。

わたしは空を見あげる。幸せが降ってきたら、わかるように。

春の空は青い。魂が透き通るみたいに。手のなかの缶ココアはあたたかく、わたしの隣には、アカネヒメがいる。

二度と戻らない、たった一度のその時間、わたしはゆっくりとあの歌を口ずさみながら、幸せな思いで、空を見上げる。

永遠の子守歌

春がきた。

この街にきて、四年目の春。

三月。一年で一番、好きな月。

いつもなら、心が弾むのに……。


卒業式が、近づいてきてた。

校歌の練習も、卒業証書授与の練習も、わたしのクラス――六年三組のみんなは、もう、完璧にできて、マスターしちゃってる。

うちのクラスは、担任の先生からしてイベント好きで、運動会も合唱大会も、みんなではりきって、一等賞を目指したりしちゃうクラスだったから、卒業式の練習も、そのノリで、がんばったんだ。

大好きな先生で、大好きなクラスだった。小学校の最後のクラスが、こんなクラスでよかったね、って、みんながいってた。

だから、余計に、さみしかったんだ。卒業が。

途中までいっしょに帰ってたクラスの子たちと、商店街の近くでお別れして、わたしはとぼとぼとアーケードを歩いた。すぐに家に帰る気がしなくて、いつもはいかない遠くの方まで、歩いた。

洋服屋さんのウインドウに映る、わたしの姿って、まだまだ子どもっぽい。ほんとに一ヵ月後には、中学生になるのかしら？

わたしの横をかすめるようにして、小さな子たちが走っていった。

ランドセルが大きくて、かたかた揺れてる、きっとまだ一年生。

「……大きくなんか、なりたくないのにな」

学校とも、先生とも、クラスのみんなとも、お別れしてしまう。

そしてわたしはひとりで、新しい友だちや先生や、出来事が待っている、中学校にいかなきゃいけないんだ。知らない世界に。

なぜ人は、ずっと同じところにいることができないんだろう？

春の街は、夕暮れが近づいて、少しずつ暗くなってきてた。

人生って、さよならばかり続くものみたいな気が、ふと、した。

そのとき、きれいな音がきこえた。音楽だ。

わたしは見まわした。夕方で混み合ってきた街角を、大人たちの間を歩いて、わたしは探した。なんだっけ、この音……。

オカリナだった。

アーケードの、定休日の本屋さんの、閉じたシャッターの前で、女の人が、土の笛を両手で包み込むようにして、吹いていた。

中南米の人みたいに、長い髪を三つ編みにして、長いスカートをはいて、きれいなきれいな音楽を、呼吸するみたいに奏《かな》でていた。

足もとには、お金が入った帽子と、使い古されたリュックサック。旅をしながら音楽を奏でる人たちのひとりなんだろうな、と、わたしは思った。そういう人たちは、たまにこの街にもくるんだ。

ふと、その人が視線を上げた。目が合った。笑ってくれた。明るい優しい笑顔だった。そのまま、音楽を奏で続けた。

わたしはその人のそばにいった。アーケードの柱の陰で、俯《うつむ》いて、オカリナの音をきいた。

知らない曲ばかりだったけど、ずっときいていたかった。お姉さんの作った曲なのかな？　やさしい、風の音みたいなメロディ。

ときどき、通りすぎる人が、足を止めて、音楽に耳をかたむけた。そのうち、お金を帽子に入れて、それぞれの道に戻っていくんだ。お姉さんは、オカリナを吹きながら、そのたびに、にこ、と笑って、頭をさげるのだった。

アーケードのからくり時計が、五時の音楽を奏でた。……いつの間に、こんな時間に？

早く帰らないと、ママが心配しちゃう。

女の人は、からくり時計のメロディに耳を澄ませるみたいに、見上げてた。わたしはその人のそばにいって、ポケットを探った。大人っぽくお金を入れたかったんだけど、今日はそういえば、おこづかいは持ってない。

ポケットに入ってたのは、のど飴がひとつ。

わたしは、ことん、と、帽子に入れた。

恥ずかしくて走るみたいにいこうとしたら、お姉さんが、笑顔で深く頭をさげた。

そして、曲を奏でた。

「オーラリー」だった。

過ぎゆく春を　告げる鳥
いまも歌うは　愛の歌
オーラ　リー　オーラ　リー　うるわしの
黄金《こがね》の髪は　日に輝く

つきぬ思い出　胸に秘め
心に呼ぶは　愛しきみ
オーラ　リー　オーラ　リー　美しの
黄金の髪は　日に輝く

（安田二郎訳詞）


胸の中が、あまずっぱくなった。

懐かしかった。だってそれは、ママが、小さかったころのわたしや、弟のヒロに、子守歌みたいにうたってくれてた歌だったから。

もう長いこときいてなかったけれど。

懐かしかった。とても。

「それでね、神さま。わたしは思い出したんです」

次の日、わたしは東風早町西公園《ひがしかざはや》で、アカネヒメに話した。

学校帰りの午後。空はよく晴れてる。春の青空。

「オーラリーをきいてるうちに、見えてきたの。生まれたばかりで、まだ寝返りもうてなかったときの小さなヒロや、離乳食を一生懸命食べてたヒロ、初めて立って歩いたときのヒロの姿なんかが。

そして、ぼんやりとだけど、思い出したんです。わたしがまだ赤ちゃんで、ママに抱っこされてたときのこと。……わたしも昔は、赤ちゃんだったんだなって。立つこともできなくて。歩くことも走ることも。もちろん、こんな風に、ひとりで自由に行動することも。公園にきて、神さまとお話しすることも」

わたしは笑った。満開の赤い桜の木の枝に座る、かわいい神さまを見上げて。

「赤ちゃんのころのわたしは、ママのそばにいることが大好きだった。きっと永遠にそばを離れたくなかったんだと思うんです。でもね、そのままそばにいたら、家から出なかったら、わたしはだれとも出会えなかった。そのことに、初めて、気づいたんです。

だからね、いいんだって思えたんです。いまのクラスのみんなとのお別れは悲しいけど、でも、悲しいからってそこに留《とど》まってたら、どこかで待っている、新しい友だちには会えないんですよね」

神さまは、おかっぱの髪と、金の冠《かんむり》のしゃらしゃらした飾りを風に揺らして、ほほえんだ。桜色の衣装の袖《そで》とひれも、風に揺れる。

『はるひと会えて、よかったって、あたくしも思いますわ』

その姿も、かわいい声も、たぶん、わたしにしか見えてないし、きこえてない。この西公園は小さい公園だけれども、たまに近所の人が通りすぎるのに、アカネヒメを振り返る人はいない。

アカネヒメは、まだ五百年しか生きていない（でも神さまとしては、まだまだ子どもなんだって）神さまで、この地の守護神なんだけど、その姿は、ふつうの人の目には見えないし、声もきこえない。少しだけ不思議なものを見る力を持つわたしは、神さまの、めったにできないらしい人間の友だちだった。たったひとりの、友だちだ。

出会ってから、三年。三年分、わたしは大きくなったけど、アカネヒメは、小さい女の子の姿のまま、かわいらしいままだった。この子が大人になるまでには、きっとあと数百年かかるんだろう。そのときには、ここにわたしはいない。

そう思うと、胸がいたんだ。

でもわたしは、顔を上げた。

神さまにいった。

「あのオカリナのお姉さんが、いつまであの場所にいたのかはわかりません。なにを思って、あそこにいたのかも。あのあと、どこにいったのかも。ほんとはどこの街の人なのかも。

たぶん、あれが一生に一度の出会いだったような気がするんです。

わたし思ったんです。だからこそ、出会えてよかったって。

あのとき、いつもはいかないアーケードまで歩いたのは、落ち込んでたからなんだけど、その落ち込みも悪いことじゃなかった。だって、だから、あの『オーラリー』がきけたんですもの。

ねえ、神さま。人生ってそんなものなんじゃないんでしょうか。落ち込むようなことも、悲しいことも、どこかで楽しいことや、よいことにつながっていくんじゃないのかな」

今も、耳の底に、あの曲がきこえる。わたしは言葉を続けた。

「そしてね、思ったんです。あのやさしい笑顔のお姉さんが奏でていた『オーラリー』だったから、わたしはそんな風に思えたのかもって。きっとあの人は人間が好きで、音楽が好きで、だから、オカリナを奏でてたんだろうなって。その思いが音になったんだろうなって。

わたしもいつか、あんな人になりたいなって、思ったの。人を幸せにできる人に。そう。たとえば、いつか、わたしの書いた本で、落ち込んだだれかの心を、幸せにしてあげられたらいいなって」

街のかたすみで、自分の大事な仕事をしていることで、少しだけ、だれかの心を明るくできたらいいなあって、わたしは思う。

「……作家になれたらいいな。そんな作家になれたらいいな」

つぶやいたら、アカネヒメが、ふわりと木から舞いおりてきた。わたしの手を、両手で包むようにして、ほほえんだ。

『はるひも、そんな手を持っていますよ。心の灯火《ともしび》を。あたくしの目には、見えますもの。だれかを幸せにできる、あたたかな灯《あかり》です』

「ほんとうですか？」

『あたくしには未来が見えるのです。神の力で。はるひは、やさしい、りっぱな大人になります。たくさんの人と出会い、その人たちを愛して、愛される人になるのが、あたくしには見える』

アカネヒメは、優しい声でいった。少しだけ地上から浮いているその姿は、出会ったころよりも小さく見えた。

わたしは、神さまに、そっとたずねた。

「ねえ神さま。未来のそのときも、わたしと神さまは、まだ友だちのままなんですよね？　ずっと友だちでいられるんですよね？」

そんなことはあたりまえだと思った。きくまでもないことだって。わたしと神さまは、わたしがいつか年を取って死んでしまうその日まで、友だちなんだ。あたりまえだけど、でも……。

『さあ』と、さみしそうに、神さまは答えた。

『たぶん、そうでしょうけど、あたくしには、あたくしの未来は見えてこないんですの。見えるのは、はるひの、そなたの未来だけ』

わたしは、神さまと、そして自分に誓い、いいきかせるみたいに、神さまの小さな手を強く握《にぎ》った。

「大丈夫ですよ。わたしたちは、未来もいっしょです」

神さまは、さみしそうに笑うだけだった。幼い姿なのに、どこか大人っぽくいった。

『もっといっちゃうと、あたくしにわかるのは、はるひの未来が、明るいものになる可能性が大きいということだけなんですけどね』

「可能性？」

『未来は、ふとしたことで変わってくるものなのです。だれかの強い意志がはたらいたら、そちらに動いてゆくこともある。よくいいますように、世界の、どこか知らない場所で、一匹の蝶がはばたいただけで、いろんな人の運命が変わってくることもあるということなのです。だから、あたくしたち神にも、確率しかわからないんですのよ』

「ふうん」

『でもね、大丈夫。あたくしが、はるひを守ってあげます』

アカネヒメは、わたしをじっとみつめた。

『はるひ。あたくしは、人間が好きです。

この地の、桜の木を『よりしろ』にして、ずうっと人の子たちの暮らしを見つめていた、この五百年の間、ずっと、好きでした。

でもね、はるひと出会い、はるひといっしょに、いろんな人たちと出会ったこの三年間で、もっと深く、大好きになりました。

人が生まれ、成長し、やがて死んでゆき、土に還る。命のその流れを見ているだけで、ただただ、愛しかったけれど、そのひとりひとりに、思いがあり、夢があり、ほかの命の幸せを祈る心があるのだと……はるひ、そなたのおかげで、あたくしには、それがはっきりとわかりました。人の子の、ひとりひとりの中に、かけがえのない、世界でただひとつの心と魂がある。ひとりひとりが、はるひなのですね。

あたくしは、この街の人間の、ひとりひとりが好きです。はるひが、好きです。愛しています。あい…こんなときに使う言葉ですよね？』

わたしは神さまに、そっとささやいた。

「わたしも、神さまが大好き。愛してますよ」

『あいらぶゆう？』

「そう。アイラブユー、です、神さま」

あいらぶゆう、と神さまはくり返すと、にっこりと笑った。

わたしは、神さまの小さな体を抱きしめた。甘い桜の香りがする。

人と神さまたちとでは、寿命がちがうから、わたしはいつか、この小さな神さまを、この場所に残して、死んでしまわなきゃいけない。さみしがりやの、人間が大好きな、この子を残して。

わたしは、なにもいわなかったけれど、アカネヒメが、そのとき、ゆっくりといった。

『いつか、遠い未来に、はるひがいなくなることを思うと、やっぱりさみしいですね。この先、そなたがひとつ年を取っていくごとに、おめでとうをいいながらも、さみしくなるのはしょうがないことかもしれない。別れの日が近づいたって、どうしても思うから』

さみしそうな、でもどこか明るい声だった。

『でもね。はるひ。あたくしは、それでもこれからの毎日も、きっと楽しいし、幸せですわ。

だって、そなたは、中学生になっても、この西公園に、あたくしに会いにきてくれて、いろんなことを話してくれるのでしょう?

中学校での毎日のことや、友だちのことなんかも。今まで給食の話や、ドッジボールのことなんかを、教えてくれたみたいに』

「ええ、もちろん。なんだって一番に」

『オーラリーの話をしてくれたみたいに』

「『大切なこと』は、なによりも、それはもちろん」

『中学校を卒業して、高校生になっても』

「大学生になっても、大人になっても。そのころにはきっとわたしは、この街の話だけじゃなく、都会の話や、遠い外国の話を、神さまに話しますよ。海を越えて、空を越えて、いろんなものを見てきて、神さまに教えてあげることができると思います。いろんな人と出会ったことを、たくさんの経験をしたことを、神さまにお話することができます。そしたらね、神さまは、この街だけじゃなく、世界を好きになるんです。たくさんの、世界中に暮らす人たちのことを」

アカネヒメの頭が、こくんと頷《うなず》いた。

そして小さな神さまは、空を見上げた。

満開の桜の下で。赤い花びらが揺れる木の下で。

『出会えて、よかった。はるひ。そなたが地上にいられるわずかな時間の間に、あたくしたちは、ここで出会えてよかったですね』

そのとき、一羽のツバメが、楽しそうに鳴きながら、すうっと通り過ぎた。春になって、遠い遠い国から、帰ってきたツバメが。

力強い声で、アカネヒメはいった。

『あたくしは、あと二百年もすれば、神としてそれなりに大人になり、空も飛べるようになります。神の力も、もっと使えるようになる。たくさんの命たちを救えるようになるでしょう。そのときに、はるひがいないのは残念ですけど……あたくしは、未来に、はるひの思い出を抱いて、いっしょに外国に旅しましょう。はるひからきいた国に、はるひが立った街角に、あたくしは、きっと、いきますから』

神さまの笑顔は、眩《まぶ》しかった。

わたしは、思った。

三年前の春、わたしに出会ったときに、『自分の力ではなにもできない、だれも救えない』って泣いてた小さな神さま……わたしの助けがなければ、『よりしろ』の桜の木のそばを離れられなかった、この神さまが、二百年後の未来には、大人になっているんだな、って。

自由に魔法の力を使い、ひとりで、どこにでも飛んでいくことができるようになっているんだな、って。

……そのときに、わたしは、ここにいないけれど。

わたしは涙をこらえて、笑った。

遠い未来に、だれかがこの神さまのそばにいて、友だちでいてくれますようにって、祈らずにはいられなかった。

空をセスナ機が飛んでいた。商店街からは、風に乗って、有線の音楽がきこえる。日常の穏やかな音がする。

わたしはふと、思った。

そのときは、この風早の街は、どうなっているんだろう？　どんな人が住んで、どんな風に暮らしているのかな？

世界は、平和になっているだろうか。神さまが泣くようなことは、もうないといいなあ。悲しい思いをする人がいないといいなあ。

遠い、はるかな未来の、風早の街では……。


暗くなり、寒くなってきたので、わたしは家に帰ることにした。

咳《せ》き込んだ。……やだなあ、このごろ、変な咳《せき》が続いて出るんだ。

『どうしたの、風邪ですか？』

アカネヒメがたずねて、のび上がり、わたしのおでこに手をあてた。

そうすると、熱っぽかったおでこが、すうっと楽になった。のどの変な感じも消える。

「……なんか最近、変で」

かすれた声でこたえると、心配そうに、アカネヒメが、いった。

『悪い風邪でしょうか。そういえば、街の人たちも、よく咳き込んでいるような……。人だけではないですね、鳥や、猫たちも……。

一体、そんな病気が、この世にあるものでしょうか。遠くの街もそうだって、カラスたちが、咳き込みながら話していました』

その言葉で、嫌なことを思い出した。

「……おばあちゃんが、ネットで、噂《うわさ》を、ひろってきたんだけど。ただの、噂だけどね」

わたしは、また咳き込んだ。変なの。神さまの力で治してもらったはずなのに、なんだかずうっと背中のぞくぞくが消えない。

「……どこかの国の研究所か、なにかの組織が、病原菌を作りだして、その病原菌が、渡り鳥に感染したんじゃないか、って。海を渡る鳥たちから、世界中の、鳥や、動物たちに、その病気が広まってるんじゃないか、って。だれにも、治せない病気が」

『え、それは、ほんとうなんですか？』

「噂よ。噂にきまってるんです」

わたしはいい切った。いい切りたかった。

ほっとしたように、アカネヒメが笑った。

『そうですねえ。噂ですよねえ。だって、そんなことをしたら、地球がぜんぶ、滅びてしまうじゃないですか？　その、『どこかの国』とか『なにかの組織』は、そんなことをしても、つまらないですものね。自分たちも、困るっていうか、病気で、死んじゃいますもの』

「噂によると……ほんとは、渡り鳥に感染させてしまったのは、事故だったたって話なんです。それとか、もういっそ世界中が滅んでしまえって、滅びたあとに、新しい世界を作るんだって、そんなことを考えてる組織があるんじゃないか、って、噂も……」

なにかが、空から、ぽたりと落ちてきた。

ツバメだった。わたしはそっと拾い上げた。苦しそうに呼吸をしている小さな鳥を、わたしは、アカネヒメに渡した。きっと助けてくれると思った。不思議な、神さまの癒しの力で。

アカネヒメは手のひらに小鳥を包むように乗せ、目を閉じて祈るようにしていた。

けれど、やがて、悲しそうに目を開き、その手を開いた。

ツバメは、首を、ことんと落としていた。

『まにあいませんでした。今のあたくしの力では、死にかけていたこの子を救うことはできなかった。心臓が動いていたのに、まだ、息をしていたのに。まだ、生きていたのに……』

アカネヒメのほほに、涙が流れた。

『この小さな翼で、一生懸命に、遠い空を渡ってきたんでしょうに。この春の風早の街に帰るために。かわいそうに』

神さまの涙は、赤い血のような色だった。心がながす血の色みたいだった。

『はるひ。この街の空気は、どこかおかしくなっています。ひょっとして、ひょっとして、もしかして、「噂」がほんとうのことで、だれかが病気を作ったのだとしたら。そのせいで、この街の空気が濁《にご》っているのだとしたら。

生きているのに……みんな、生きているのに、そのだれかは、なんでみんなを病気にしたり、殺したりするのですか？　命は大事なのに。なによりも大切なものなのに』

空には、夕焼けが広がっていた。いつもは、わたしは今ぐらいの時間が好きだった。

赤く染まった空の色は、神さまの赤い桜の花びらと同じ色だし、黄昏《たそがれ》は、いろんな魔法に出会う、不思議な時間だったから。

でも、今日の夕焼けは、血のような、不吉な色に見えた。


噂は、噂じゃなかったのかもしれなかった。

それからほんの数日の間に、街中にそのひどい風邪は広がったんだ。風早の街だけじゃなく、世界中の、いろんな街に。

その風邪に、効く薬はなかった。貧しい国や、環境が厳しい国の人たちから先に、たくさんの人が倒れていった。世界中の科学者たちががんばって、薬ができたときには、たくさんの人たちが、死んでいた。


「神さま、卒業式、延期になっちゃいました……」

わたしは咳き込みながら、西公園の、いつものベンチに座った。

あたりはしんとしてる。人気《ひとけ》がない。公園もだけど、街中が、お通夜みたいに静かで暗くって。アーケードのお店も、ほとんどがシャッターを下ろしていて。だれも街を歩いていなかった。ほんの数日前までの賑《にぎ》わいが、夢みたいに。嘘みたいに。

わたしは、笑いながら神さまにいった。

「六年三組は、あんなにいっしょうけんめい、練習したのにな。みんなの努力がむだになっちゃった」

先生も、学級委員のふたりも、今は意識不明で病院にいる。まだわたしの知りあいで死んじゃった人はいないけど、でも、もう街のあちこちで、死んだ人やお葬式の話をきくようになっていた。お年寄りや小さい子たちが、何人も何人も、死んじゃったらしかった。

なにもいわないで、アカネヒメはふわりとそばにきた。そっと手を取ってくれると、体が楽になった。苦しかった呼吸ができる。

『ごめんなさい、はるひ』神さまがいった。

泣くような、声だった。ううん、もう、泣いていた。

『この病には、だれかの強い思いがこもっているから。世界を滅ぼしたいという思いがこもっているから、まだ幼い、今のあたくしの祈りでは、治してあげることは難しいんですの』

「……楽に、なりましたよ」

わたしは、神さまの頭をそっとなでた。

「大丈夫ですよ。わたしは風邪引いてるだけですもの。街の人や、世界中の人が苦しんでる、あの怖い病気には、かかってない」

だから神さま、心配しないで。そう続けたかったのに、勝手に咳が出た。苦しい。やっぱり苦しい。

神さまが、わたしの手を取り、そっと握りしめながら、きいた。

『はるひ。家でおとなしく寝ていればよろしいんですのに。なぜ、こんなに熱があるのに、あたくしをたずねてきたりしたのです？』

「会いたかったから。……それに、神さまはきっと、また、街のみんなを助けられないっていって、落ち込んでると思ったんですもの」

わたしは、神さまの友だちだから、そばにいないといけないんだ。わたしにしか、神さまは見えない。神さまの声はきこえない。神さまが泣いていることを知ってるのは、わたしだけだから。

「ほんと、わたしは大丈夫ですから」

わたしは、笑おうとした。どっちみち、家にも居づらいんだものなあ。弟のヒロも熱がある。ママもパパもおばあちゃんも、その看病と自分の病気で精一杯だから、これ以上、わたしまでもが、心配かけてはいけないんだ。わたしは元気でいないと。

笑いながら、でも、わたしは体がふるえるのを感じた。両腕で体を抱いても、ふるえが止まらない。熱のせいかと思ったけれど、そうじゃなかった。怖くて背中が寒いんだ。

わたしは、泣いた。小さい子みたいに。

「どうしたらいいの、神さま。神さま、わたし、死んじゃうのかな？　ニュースに出てた、遠い街の小さい子みたいに死んじゃうの？　死ぬって、どういうことなの？　痛いの？」

神さまが、そっとわたしの肩を抱いた。今はもう、わたしよりも小さな背丈しかないのに、大人みたいに抱きしめた。

『大丈夫。そなたは死にません。あたくしが、死なせません。そなたは大人にならなくてはならないのです。どこまでも遠く、あたくしが見たこともない世界へ、旅立っていかなくてはならないのですから。そのための、翼をもって生まれてきたのですから』

不思議な薄桃色の光が、わたしを包んだ。

『はるひ。街は静かです。でも、あたくしには、たくさんの悲しい声がきこえます。たくさんの、たくさんの、子どもや、お母さんたちが泣いている。子どもは病に弱いから……子どもが死んでしまうのかと、泣いている人たちがいる。涙が落ちる音がきこえます』

アカネヒメは、呟《つぶや》いた。

『あたくしに、もっと力があれば。あたくしに、大きな力があれば。あたくしがもっと強く、大人の女神だったらよかったのに。ここは、あたくしの街なのに。あたくしには、なにもできない』

わたしは、そっと笑った。

「神さまだって、いつかは大人になって……強い女神さまになるんですから。そのときはきっと、どんな病にだって勝てる風早の女神さまに……未来にはきっと、たくさんの子どもを助けられますよ」

神さまが、わたしの顔を見つめた。

『今死んでゆく子どもの魂は、とりかえしのつかないものです。未来にどんなにたくさんの子どもを救っても、今死んでしまう子どもは帰ってこないんです。ひとつひとつの命が、かけがえのない、とりかえしのつかないもの。そのことを教えてくれたのは、そなた』

アカネヒメは、ほほえんだ。なにかを決意したみたいに、すうっと立ちあがった。

ベンチに、わたしの体を、そっと寝かせて。

赤い桜の木にかけあがり、金の鈴の杖を、空に向かって振った。

『あたくしの命にかえても、この地を救ってみせましょう。

弱っている子どもたちよ、死んでいこうとする魂たちよ。遠い世界へと、未来へと、その翼ではばたく力を取り戻せ』

赤い桜の花びらが散った。花の嵐だった。わたしは手を伸ばしたけれど、薄桃色の霞《かすみ》の中、神さまの姿は消えていった。

金色の鈴の音と、ほほえみだけ残して、消えていった。

わたしの目には、アカネヒメの、いろんな顔や姿が見えた。出会った春の、ちょっと偉そうに、神さまだと名乗ったときのことや、泣いたときのさみしそうな肩の様子や。わたしと話すときの笑顔や、いっしょに自転車に乗って街をゆくときの、楽しそうな表情や。

笑う声が、歌声が、耳の中に残ってる。

でも……桜吹雪が終わったとき。

アカネヒメは、そこにいなかった。もう、どこにも見えなかった。

暖かい花の香りのするそよ風が、街に吹いているのを、感じた。風に吹かれていると、体に力が戻ってきた。魔法のように。そう、それは魔法だった。わたしは、ベンチから立ち上がった。

わたしは思い出した。神さまも死ぬことがあるんだって、前に、アカネヒメがいっていたということを。不思議な力を使い果たせば、神さまの、長く生きるはずの命も、尽きてしまうんだ……。

そよ風は、街を吹き渡った。魔法の癒しの風が。金の鈴の音がしたような気がして、空を振り返ったけれど、神さまはいなかった。

赤い桜の木にふれると、木は、花びらを散らしながら、崩れるように倒れた。きしむような音だけ立てて、静かに倒れた。

わたしは、手で顔を覆って泣いた。

ふっと肩に手がふれた。見えない、優しい手が。

懐かしい声がきこえた。

(はるひ。泣かないで、はるひ)

「……神さま?」

わたしは顔を上げた。どこにもいない。……気のせい？

（空耳じゃ、ありませんことよ）

　声は、笑った。

（あのね。あたくしは、死んだわけではありません。たくさんの力を使ったから、少しの間、休まなくてはならなくなっただけです）

「少しの、間？」

（とても疲れたから、少しの間だけ、眠ります。そうして、また目覚めます。今度会うときは、はるひはきっと、大人になっていますね。そしたら、たくさんの話をきかせてくださいな。あたくしが寝ていた間の話、はるひが見たこときいたことを。未来になっても大人になっても、あたくしのことを忘れないでね）

「あたりまえです。友だちですもの」

　わたしは叫んだ。誓った。見えない神さまに。

（はるひ、遠くへ、遠くへいってね。再会のときには、おみやげ話を忘れないでね。たくさんよ。約束。たくさんですからね）

　そして、わたしたちは、別れた。

わたしの名前は、モリヤマ・ソナ。

西暦二二〇四年の、風早市東風早小学校六年三組の生徒なの。もう三月。卒業式が近いから、もうじき中学生になっちゃうんだけどね。仲がよかったクラスのみんなと別れるのは、さみしいな。

風早の街は、古い歴史を持つ、海辺の街。海を抱くようなかたちで、半円に広がる土地には、美しい港があり、平野と、平野を包む、山と森があるの。

そして今。風早の街の港のそばには、日本でも一、二をあらそう大きさの宇宙港があった。

大昔、海の港があることで、この地が栄えたように、今の風早の街は、宇宙への扉を持つことで、栄えているんだ。

卒業していくクラスメートたちの中には、春休みにはこの港から家族で旅立って、中学からは宇宙のコロニーにいってしまう子もいる。宇宙までいかなくても、外国にいく子も多い。ていうか、今はもう、うちみたいに、転勤がない家の方が珍《めずら》しいのかも。うちのパパもママも、コンピュータ関係の大きな会社に勤めてるけど、地元の会社で、転勤がないんだよね。お仕事も家でやってるし。

「大人になっても同窓会のときには、集まろうね」

そんなことをいいながら、クラスのみんなで卒業式の予行演習をくりかえしてた、春のある日。

わたしの街を、火事が襲った。


その日、学校帰りに、風早駅前商店街を散歩してたわたしは、ビルに飾ってある大きな液晶の掲示板に、その火事のニュースと映像がながれたとき、もう、走りだしてた。……宇宙港が火事ですって？

猫型ロボットのミケに、わたしは叫んだ。

「とんでもないわよね。あの公園も危ないかもってことじゃない」

あの公園は、宇宙港と同じ方角にある。つまり、公園に近づくにつれ、地平線に燃えあがる宇宙港の景色もまた近づいてくる。

猫型ロボットのミケは、わたしのそばを飛びまわりながら、わたしに火の粉が降りかかりそうになると、ぱっとはらってくれた。翼を広げて、かばってくれたりもする。パパに誕生日プレゼントにもらったキットを、わたしが組み立てて、念入りにカスタマイズした子なんだ。かわいい友だちで、頼りになる相棒って感じ。

炎が上がる市街地の方から、たくさんの人たちがこっちに向かって逃げてきてる。消防車や、テレビ局の車やヘリコプターがいる。

わたしは逃げる人びとの流れに逆行して、炎の方に向かっていく。空にふきあがる炎や、どんよりとした色で上がる黒や灰色の煙は怖いけど。鳴り響くサイレンの音や、空に浮かんで消火作業をしている無人のヘリコプターのプロペラの音も、怖いけど。

心配してこちらを見る大人たちの目を避けて、逃げろって声がきこえないふりして、わたしは走る。煙のにおいに咳き込みながら。

だって、あっちにいかなきゃいけない理由がある。

旧住宅地の風致《ふうち》地区。そこには、西暦二〇〇〇年ごろの住宅地の街並みが、保存されてる。そこだけは、宇宙港を中心に栄える風早の街の、ハイテクな雰囲気と高いビルの街並みとちがって、懐かしい風が吹くような雰囲気があって、お気に入りなんだ。何度も何度も、数えきれないくらいの回数、小さいころからわたしは、あの地区にいき、小さな公園のベンチで、風に吹かれた。

あの思い出の、伝説のベンチで。

空から、男の子が舞い降りてきた。

背中に、最近火星近くのコロニーで流行してる、鉄の翼をつけている。同い年くらいかな、あれ、どこかで見たような顔……。首をかしげていたら、ミケが、不思議そうに鳴いた。

「そうね、ミケ。わたしに似てるんだ……」

ふと、思い出した。隣《となり》のクラスに、火星経由で、季節はずれの転校生がきたそうだ。その男の子、茶色いふわふわの髪や目がわたしにすごく似てるって、ソナの親戚なんじゃないのって、みんなが騒いでたのをきいたようなきかなかったような。

でもなんで、その子がこんなところにいるわけ？

そう思ったら、同じようなことをきかれた。

「どこにいくんだよ、モリヤマさん。危ないぞ。この先の、宇宙港の近くに、貨物船が落ちて、火事になってるんだろ。火もだけど、船から漏れ出してる放射能がすごいらしいぞ。火事はどんどん街の方に広がるだろうし、なんだってまた、こんなところに……」

わたしは足踏みしながら、その子にいった。

「風致地区にいかなきゃなのよ。大切なものがあそこにあるの。っていうより、あなた、どうしてわたしの名前を知ってるの？」

「おれは東風早小学校の、あんたの隣のクラスの転校生の、ハルヒ・ルイス。あんた、作家の森山はるひの子孫《しそん》なんだってな」

「そうだけど」と、答えながら、わたしはまた走りだした。

わたしのそばを飛びながら、転校生ハルヒくんは、

「おれの家族、みんな森山はるひのファンなんだよ。おれなんか、名前にまで、『はるひ』ってつけられちまってるくらいだ。ま、それもうれしいんだけどね。だって、おれもファンだから」

転校生は、鼻の下を指でこすった。

「森山はるひは、世界各地を旅し、たくさんの旅行記や、美しい童話を書き、この世界に残した偉大な作家だ。いい本を書いた人だ。あの人の本を読むたびに、なんか、生きててよかったな、って思うんだ」

わたしはちょっとくすぐったくなった。ひいひいひいおばあちゃんは、当時は有名な作家だったけど、今は知る人ぞ知るって感じになっちゃってるから、こんな風に人から直接褒められるのって、うれしかったんだ。走りながら、息を切らしながら、わたしは答えた。

「今は絶版になっちゃった本も多いんだけどね。でもわたしも、ひいひいひいおばあ

ちゃんの本は大好きよ。読んでいて優しい気持ちになる」

「おれもだ。それに、我が家には、たぶんぜんぶ、森山はるひの本があるんだからな。読破してるんだよ、森山はるひの本は。

そういうわけで、昔に、森山はるひが住んでたこの風早の街は、おれにとっちゃ、憧れの地だったってわけだ。この街にくることが決まったとき、どれほど喜んだことか。

転校してきてみたら、なんと、隣のクラスに、作家先生の子孫がいるっていうじゃないか。おれはなんとしても友だちになろうと……。なってくれるよな？」

前にまわりこまれた。わたしは笑った。

「はいはい、べつにいいわよ」

「ほんと？　サンキュ」

ハルヒくんは、風に茶色い髪をなびかせて、にっこりと笑った。なんだか、懐かしい笑顔で、初めて会った気がしなかった。

「ソナちゃん。で、おれは、あんたと今日こそ友だちになろうと思って、あんたのクラスにいったんだ。そしたら、もう帰ったっていう。探しにさがして、やっと見つけたのが、今っていうわけさ。

あんたは、本に載ってた、子どものころの森山はるひの写真にそっくりだったから、一目見て、あ、この子だ、って思ったわけで。

で、見つけたのも、友だちになれたのもよかったんだけどさ。

……だから、とにかく、危ないから、港の方にはいくなって」

一気にしゃべって息が切れたらしいハルヒくんのそばを通り抜けて、わたしは走る。

わたしも、息を切らしながら、

「ハルヒくん。わたしがいくのは港じゃないってば。東風早町風致地区の、東風早町西公園よ。まあ……港のそばじゃあるんだけど」

わたしは、ハルヒくんを振り返った。

「ハルヒくん。あなたは、森山はるひが書いた公園の赤い桜の神さまの本も、当然読んでるわよね？」

「ああ、『アカネヒメ物語』全五巻だろう？」

「小さな神さまは、最後に、主人公に、『少しの間だけ、眠ります。そうして、また目覚めます』っていって眠りについたのよね。覚えてる？」

「当然さ。主人公の女の子に、再会したときは、たくさんのおみやげ話をしてくれっていいのこして、別れるんだよな」

「あれね、実話なんだって」

「はあ？」

「信じないなら信じないでもいいけど、ひいひいひいおばあちゃんは、ほんとに公園で、風致地区の西公園で、小さな神さまと友だちになって、別れたの。二〇〇四年の春に。

　ひいひいひいおばあちゃんは、再会の日を待ちながら、大人になった。世界中を旅して、アカネヒメに話すために、いろんなものを見たの。神さまに約束した通りに作家になって、自分の言葉を、この世界に残したの。そのお話は、本を読んだたくさんの人を幸せにした」

「ええっ。でも、そんなことが……」

「ひいひいひいおばあちゃんが生きている間には、結局、神さまは、蘇《よみがえ》ってくれなかった。でも、それからもわたしたちは、森山はるひの子孫たちは、公園で待ち続けたの。神さまが帰ってきたときに、話しかけるために。森山はるひの代わりに、お帰りなさい、っていってあげて、たくさんの話をするために……。

　そしてね、きのう、わたし、見つけたのよ。昔、アカネヒメの赤い桜がたっていたっていうあたりに、小さな桜の芽が出ているのを。

あれがきっと、神さまなのよ。神さまの、桜なのよ。アカネヒメは、もう、目覚めて、この街に、蘇ろうとしてるのよ」

「そんな……ことって」

ハルヒくんの翼の動きが止まった。

困ったような顔をして、わたしを見つめてる。そりゃそうだろう、無理もない、と、わたしは思う。

童話は実話でした、ほんとうに神さまはいたんです、なあんて話をいきなりきかされて、「そうなんだね」と、はればれと笑顔で答える子なんて、いるもんじゃない。

でも、ちょっとだけね、さみしかった。

わたしは立ち止まり、そしていった。

「信じないなら、帰っていいってば。でも、わたしはいく」

わたしは走りだした。赤く燃える空の方に向かって。空気に火と、薬品のにおいがする。なにかが爆発したんだろう、すごい音がした。

怖いけど、いかなきゃいけない。でないと、今神さまが目覚めちゃったりしたら……。目覚めてすぐに、ひとりきりで、燃える街を見るなんてことになったら、かわいそうだ。きっと泣いちゃう。

はるひの遠い子孫のわたしに、ご先祖さまみたいな不思議な力があるかどうかはわからない。つまり、わたしがいったって、神さまが見えるのか、その声がきこえるのか、実際に会ってみないと、わかりはしないんだ。

でも、だからって、放っておける？

無理だ。わたしにはそんなことできない。

ハルヒくんが、くちびるを噛《か》んだ。そしてわたしにふわりと近づくと、いきなり腕をつかんで、いっしょに空に舞い上がった。

「公園はどっちにある？　連れてってやるよ」

「でも、危ないわよ」

「だっておれも、神さまに会いたいんだもん」

にっとハルヒくんは笑った。「じつは、おれはね、子どものころから、アカネヒメの友だちになれたらって、ずっと思ってたんだよ」

そして、わたしたちは、西公園に着いた。

昔のままの姿だっていう公園には、今では見ないかたちのブランコやすべり台、ジャングルジムなんかが置かれてる。

いつもは、小さな子が遊んでいたり、散歩している人や、旅行者の人たちがいる場所なのに、今日はさすがにだれもいない。だって、宇宙港はすぐそばだもの。

みんな避難済みなんだ。

昔のままの姿の小さな公園の、その一角には、作り物の大きな桜が飾ってある。昔ここにそびえていた、古い赤い桜。その姿を再現した、作り物の桜が。あの不思議な桜は、代わりがあるものじゃないから、造花を置くしかなかったらしい。

わたしはそのそばにしゃがみこむ。桜の根もとの草むらを、そっと、手でかきわける。

赤い芽が、そこにあった。かすかに桃色の光を放つ芽が。

「ほら」と、指し示すと、ハルヒくんも、そこにしゃがみ込んだ。桜の葉の香りがする木の芽を、ふたりでじっと見つめた。

「もし、火がここまでくるなら、桜の芽を、守らなきゃ」

わたしは呟いた。でも、どうやって守ったらいいんだろう？　ここにこなきゃって、それだけに必死で、考えてなかった……。

ハルヒくんが、そのとき、空に舞い上がった。今は夕焼けみたいに赤く染まっている空に、高く高くあがって、そして下りてきた。

顔が、青ざめてる。

「ひどい火事になってる。被害が、かなり広がるかもしれない」

そのとき、空から、なにかが落ちてきた。

ぱたりと落ちたそれは、火で翼を焼かれたツバメだった。拾い上げると、まだ生きていたけど、苦しそうだった。

「……昨日くらいから、街にツバメが帰ってきてたわね。遠い遠い国から、一生懸命飛んで、ここに帰ってきたのにね」

わたしはツバメの小さな軽い体を、そっと手に包み込んで、泣いた。涙をこぼした。あたたかい体が、ふるえてる……。

そのときだった。ふわりとあたたかい風が吹いたような気がした。耳もとで、しゃらんと、鈴の音がした。

『はるひ、その子をこちらに……』

かわいらしい、声がきこえた。

白い小さな手が、わたしからツバメを受けとった。桜色の衣をきて、おかっぱの頭に金色の冠をかぶった、かわいらしい女の子が、わたしのそばにいる。

アカネヒメだ。伝説の神さまだ。間違いない。隣でハルヒくんが息をのむのを感じた。

神さまは、両手にツバメを抱いて、わたしを振り返った。

戸惑ったような声できいた。

『空になにか、炎のにおいと、知らない、いやなにおいが漂っています。なにかあったのですか？』

「え、あ、はい。……あのう、あなたは、神さまですよね？」

『そうですけど、今さらなにをきくの？　はるひったら、冗談が下手ですのねえ。おとぼけさん』

神さまは、笑う。ふわりと、のびをしながら。

『とりあえずは、あたくしがこうして久しぶりに目覚めたんですもの、まずは再会を素直に喜ぶ台詞《せりふ》とか、ききたかったんですのに』

わたしは気づいた。神さまは、わたしとひいひいおばあちゃんを、間違えてるんだ。わたしとその人は、ほんとにそっくりだったから。

「あの、神さま、わたしは、はるひさんじゃなく……」

『あたくしは、長い間眠っていたはずなのに、はるひったら、ぜんぜん大きくならな